Canon 22

陳儀的本來面目

陳兆熙 等 著

〈目次〉

陳儀的本來面目

陳兆熙

曾任臺灣省行政長官兼臺灣警備總司令的陳儀。

陳儀（前右）留學日本時與魯迅（後右）合影於東京。

陳儀與兄長陳威（右）合影於上海。

中央訓練團黨政畢業班同學與陳儀（前排中）合影，一九四一年九月攝於福建永安。前排左三為嚴家淦，時任福建省財政廳長。

一九四五年十月二十五日，陳儀在臺北市中山堂代表政府接受日本總督呈遞降書。

「自我接事以來，一般的批評好的多，將來或許會變壞，等我離開以後，又會變好的，這是我的經驗。所以這些說好說壞的話，我一直不大注意。我終究還是個我，保持著本來面目。」——陳儀，一九四八年七月十八日。

在臺灣的現代史中，陳儀是一位重要的政治人物。由於「二二八事件」，他在當今臺灣的相關記述或評論中，多受譴責，指渠長臺期間，失政在前，鎮壓在後，導致屠殺無辜，最終又因擬「投共」，而被槍決。即使從中國共產黨的角度觀之，由於陳早先爲「軍閥」做事，後又爲國民黨效力，這都是共產黨要打倒的對象，而「二二八事件」又被視爲是全中國人民起義推翻國民黨政府的一環，陳站在對立一方，故亦具負面形象。由此，陳儀身後，多受世人指責，而責難之聲，又往往視論者政治立場及所處環境，而各有不同。

但如要瞭解陳儀，則必須根據確實的資料，做客觀分析，不能隨著流言，以訛傳訛。同時品評歷史人物，應綜其一生事蹟，觀其全貌，以免失之偏頗。有鑒於此，本文將簡述陳儀生平，根據他行爲模式及其本人或曾與他長期相處者之言論，探討他的思想及人格特質，以瞭解陳儀這個人。

一、生平事略

早期

陳儀曾名陳毅，字公俠，後又改爲公洽，一八八三年五月三日生於浙江省紹興縣。父經商，家境小康。陳少年時曾在錢莊當學徒，十六歲入杭州「求是書院」（浙江大學前身），接受新式教育。二十歲考上公費，入日本陸軍測量學校，後轉入日本士官學校，與徐錫麟、秋瑾、蔡元培、蔣尊簋、蔣方震、蔡鍔等熟稔，並結識了魯迅。當時孫中山先生在日本倡導革命，陳儀對中山先生的救國理論，極爲信服，並加入了以浙江人爲主要成員的革命組織「光復會」。

一九〇七年，由士官學校畢業返國，先後任職於前清政府陸軍部及浙江陸軍小學。民國成立後受浙江都督蔣尊簋之邀出任都督府軍政司司長。

一九一四年，陳儀應召去北京任「政事堂統率辦事處」參議。一九一六年，袁世凱自立為帝，蔡鍔以計逃離北京，奔往雲南。袁派陳儀追蔡回京。陳、蔡原即舊識，且陳亦不贊同袁稱帝，決定放蔡一馬，以「追不到」回報，自己也離職而去。

一九一七年，陳儀再度東渡，就讀日本陸軍大學，是第一批入陸大的中國學生。一九二〇年以第一名之優異成績畢業，讓日人刮目相看，受到同儕的敬重。

畢業後返居上海，與友人合資興辦「裕華墾殖公司」，經營絲綢、銀行和錢莊等生意。一九二四年，孫傳芳由福建進軍浙江。浙江地方人士怕受戰火之災，推派陳儀為代表之一，前往迎孫，孫隨後任命陳儀為浙江第一師師長。

一九二五年秋，陳儀親率浙一師北向，擊潰奉系張宗昌部隊，受孫傳芳任命為徐州總司令。在駐紮徐州（在江蘇省）的一年期間，除軍事外，陳儀尚修築環城馬路，開闢對外公路並從事開鑿深井等多項重要地方建設。

一九二六年十月，蔣介石率領的國民革命軍由廣東北伐，向武漢推進。陳儀的參謀長葛敬恩建議他與蔣聯繫。陳在徵獲孫傳芳同意後派葛赴武漢會蔣，主張雙方分別沿津浦及平漢兩鐵路線前進，並行北伐。蔣見葛後，密授陳儀「國民革命軍第十九軍」番號，並親寫十數頁之信函一封，交葛轉陳。孫亦於此時任命陳儀為浙江省長，仍兼第一師師長。

次年，社會盛傳陳儀擁孫態度不穩。孫的嫡系部隊進入杭州，意圖繳械陳儀駐杭部眾。陳為免發生巷戰而使地方建設遭到破壞，令其部隊不予抵抗，渠本人被押至南京孫傳芳本部，結束了上任僅三個月的省長職務。

孫本欲殺陳，但其重要幕僚，異口同聲爲陳說項，終獲釋放。陳儀回到上海，即修書建議孫傳芳與國民革命軍合作，但未被接受。

國民政府

一九二八年二月，南京政府成立，蔣介石爲軍事委員會主席，任陳儀爲委員，隨即派渠組一不到十人的考察團赴歐洲考察了半年多，主要目標是到德國聘請軍事顧問。這是陳儀第一次也是唯一的一次歐美之行。

陳儀由歐洲考察回國後，蔣介石在他的「國民革命軍」中挑選了兩個後備師，改編爲教導師，由陳儀出任總監，聘請德國軍官爲教官顧問，以推動國軍現代化的工作。

一九二九年四月，陳儀繼張群出任國民政府軍政部兵工署署長。五月，兼任軍政部常務次長。一九三一年一月升任軍政部政務次長（部長爲何應欽），並曾代理部長。

福建省主席

一九三三年，十九路軍在福建發生「閩變」失敗後，陳儀奉派出任福建省主席並兼福建省保安司令。主閩期間，因常應當時辦理對日外交工作的黃郛、張群、楊永泰等所謂「政學系」主幹人士之請，協助處理中、日交涉事宜，以致世人往往亦將他歸於「政學系」，但他本人卻不以此為然，並謂：「他們（政學系）是資本主義，我是社會主義。」①

一九三五年，陳儀應邀率考察團赴臺灣參觀日本統治臺灣四十週年的「始政四十週年紀念博覽會」，並考察了日月潭發電廠、嘉南大圳、港口、礦山等設施。一九三七年晉昇陸軍上將。十一月兼任福建綏靖公署主任，後改兼第二十五集團軍總司令。他在長閩期間有下列重要事蹟：

統一省境

福建因多山，交通不便，地方勢力割據，省府政令以往僅達省會福州及其他少數城鎮。陳儀接任省主席後，又兼福建綏靖主任，集軍、政權於一身，於是派軍警掃蕩形同割據之地方勢力，省府政令始能逐漸行至全省各縣。

遷省府

一九三七年中、日戰爭爆發。次年陳儀為防日軍侵犯，召開省府會議，討論遷移省會地點。當時有兩種意見，一是遷至城市規模較大、物資比較充裕的建甌，另一是遷至山高道狹但防守較易的永安，然而永安建設落後，一切供應困難。陳儀考量遷至永安可帶動當地建設，因此選擇永安，並開始逐一興建水電、馬路、房屋、學校、醫院等設施，使此一本甚落後的山城，在市容及居民生活環境方面，得獲改善。

建立人事制度

省內公務人員的訓練、分發、考核，由基層人員到縣長止，陳儀建立了一套完整而嚴格的人事制度。在此制度下，公務人員需受相關業務訓練，凡經訓練後分發到各機關工作的人員，其機關首長只有指揮他工作的權力，而不得任意將他免、降職或調動，縣政府工作人員，亦不隨縣長之更動而進退。這種做法減少了中國傳統官場上職位私相授受和下臺時「樹倒猢猻散」的現象，對政府人事及行政的穩定，極有助益，同時也減少縣長與部屬勾結舞弊的機會。此一體制在今天可能被視爲當然，但在當時，卻是創舉，後爲中央政府採用，推行於全國。

籌建高等教育機構

陳儀主政後，大力興辦高等學校，新成立者計有：福建省醫學院、法學院（後併入廈門大學）、省立農學院、師範專科學校（後改爲學院）、福建省音樂專科學校，同時又相繼設立助產學校和護士學校。此番努力使全省學術之風大進。又因有了醫學院，隨之也設立了省立醫院。

發展省營事業

當時許多福建沿海人民爲恐日軍登陸入侵而內移，閩省內陸地區人口突增，糧食自由買賣，無法因應供求之需。陳儀要解決民生基本需求，強調糧食問題應「不患寡而患不均」，因此在一九三九年底，設立「糧食調劑委員會」，後又改設「糧食管理處」，於一九四一年初起，除閩南若干糧食供求無虞的縣外，全省實施糧食買賣管制，由政府設定糧價，收購地方餘糧，運往缺糧地區出售，並配給予公教軍警學生。此一管制，到一九四一年秋季日軍撤離福州後，予以解除。

卸任

日後出任中華民國駐聯合國大使的蔣廷黻，當時擔任行政院政務處長，他曾奉派到全國各重要省分視察。蔣後來在回憶錄中寫道：「整個視察旅行中我們會見的省主席，最有精力的是福建省的陳儀。他堅信國家社會主義，他也設法在福建實現他的理想。他控制商業和分配。他以公家機構取代私人的商業組識。他推行嚴格的文官制度，並盡力祛除徇私主義和族閥主義。他倡辦田賦徵實。他的廉潔和苦幹實在是沒話說。只要是他能替福建做的，不論有多大犧牲他都傾全力以赴。」②

陳儀掌理福建，長達八年之久。他於一九四一年九月六日卸任。當他離閩赴渝就任行政院秘書長時，車經南平、建甌、浦城等縣，所過之處，不少老百姓用銅盆盛水，跪地相送，以感念他的清明施政。陳儀對自己在福建的政績，是有信心的，認為：「五年後，閩人當思我。」③

行政院秘書長

陳儀離開福建，赴重慶就任行政院秘書長（院長為蔣介石）及國家總動員會議主任。他為了想減少行政院內公文流程，增加行政效率，主張各級主管分層負責，於是草擬「分層負責制」辦法，準備提交行政院院會通過實施。但遭到想掌控大權的副院長孔祥熙反對。孔、陳兩人曾為此在會議中爭執，甚至相互拍桌，不歡而散。結果這個辦法未能實行，陳儀也離開了行政院。

一九四二年陳儀調任行政院經濟會議秘書長，主席是由蔣介石兼任，另並任國民黨黨政工作考核委員會秘書長，主任一職亦是由蔣介石自兼。一九四三年調任陸軍大學教育長並代理校長（校長為蔣介石），另兼國防研究院主任及中央訓練團教育長。四四年夏，再兼任中央設計局臺灣調查委員會主任委員，籌備接收臺灣事宜。

臺灣省行政長官

陳儀任臺灣調查委員會主任委員時，指示工作人員收集有關臺灣資料，擬訂了接管計畫。在政府組職方面，陳儀認為臺灣經日本統治半個世紀，為因應這種特殊環境，在接收後，其行政組織結構，不宜與一般的省相同，因而有了日後獨特的「行政長官」制度。

當時一般省分的省政府是委員合議制。省主席下設民政、財政、建設、教育四個廳，廳長由省府委員兼任，其目的在相互牽制，防止權力過分集中。理論上省政是由省府委員與主席共治，省府委員不是主席的幕僚佐治人員。但「臺灣長官公署」是首長制，各廳處長及其他行政人員均為「行政長官」的幕僚佐治人員。同時，公署除一般省政府中的民政、財政、建設、教育四個廳外，尚設有工礦、農林、交通、警務等處以及法制委員會、設計委員會、宣傳委員會等，均直屬行政長官。此外，原本屬於中央政府管轄的事務，像司法、監察、中央銀行、海關以及陸、海、空軍、國民黨省黨部等，行政長官亦均可指揮監督，形成軍政一元化集中的特殊局面。

一九四五年八月二十九日陳儀奉命出任臺灣省行政長官公署行政長官，九月七日受命兼任臺灣省警備總司令。十月二十四日抵達臺北松山機場，步下飛機時，便對記者們說：「我到臺灣是做事的，不是做官的。」④

從抵臺到一九四七年二月二十八日發生所謂的「二二八事件」止，陳儀在這短短的一年四個月中，除辦理了複雜的接收工作外，還有下列重要事蹟：

民主作風

陳儀到臺灣後，不住日治時期總督官邸（即現在總統府旁的臺北賓館），而住在臺灣電力公司的一所宿舍。這固然是他一貫的儉樸習性，也是爲免給予臺灣同胞一種光復後與日治時期一樣的印象。他女兒文瑛帶著三歲的兒子由大陸來臺探望他時，半開玩笑地問他爲什麼不住「總督府」，陳儀嚴肅的回答：「我是公僕，而不是騎在臺灣同胞頭上的總督。」⑤

此外，他也不准政府機構大門設置武裝警衛，即使他辦公的長官公署（即日後之行政院大樓）亦不例外，全部僅有七名警衛，在正門站崗的只有兩人，且著便服值勤，免予人民官府戒備森嚴的印象。同時准許人民自由出入，以免被視爲是統治衙門。

陳儀的民主作風亦反映在他尊重言論自由上。臺灣光復之初，僅有《臺灣新生報》一家報紙。一九四七年陳儀開放報禁，全臺報紙雜誌正式登記者一躍爲三十六家。許多報紙言論激烈，但縱使嚴厲批評政府，甚至對陳儀個人誹謗、漫罵、惡意醜詆，長官公署都爲了尊重言論自由而不加干涉。這種政府不干涉言論、充分尊重新聞自由的作風，在當時的中國，是極少見的。

遣送日人

日本投降時，約有三十萬日本武裝軍隊及四十多萬日本平民居臺，除大學教師、醫生等少數專業人員被留用外，其餘悉數於三個月內遣返日本，可謂極有效率。

釋放刑犯

陳儀接收臺灣後，認爲當時獄中刑犯，係被日本統治依日本法律判處者，現在臺灣既已回歸祖國，應該赦免這些受刑人，讓他們有自新的機會。於是約有三千名刑犯，被釋放出來，重見天日。

獨立金融體系

抗戰勝利後，中國經濟疲憊，法幣氾濫成災。陳儀爲避免臺灣受大陸金融混亂之累，於是堅持臺灣自成金融系統，發行獨立的臺幣，禁止大陸法幣在臺灣通用，並實行臺幣外匯管制，將臺幣與法幣隔離，形成「一國兩幣」，同時拒絕大陸金融機構在臺灣設置分行，企圖將大陸金融災難對臺灣的負面影響，減至最低。此種規畫，到陳儀離任後，仍然一直延續下去，影響久遠。

挽救企業生產

陳儀長臺，是他繼福建後，再次實行渠「節制私人資本、發達國家資本」理念的機會。他認爲「臺灣百分之七十左右的生產企業，是日治時代的遺產，是六百餘萬臺胞的血汗造成的。今日收回來，也應該爲全民所有，成爲人民的企業，不能落在少數人的手中。」⑥

戰後的臺灣百廢待舉，而在大陸的中央政府自顧不暇，財經上不但不能支援臺灣，反之還需臺灣的支助。在此情況下，陳儀必須尋求臺灣在財政上能夠自給自足。因此他將臺灣生產企業依性質、規模及設備分為國營（如國防工業）、中央與省合營（如糖業、石油、製鋁等）以及地方與民間合營（如工礦、農林等公司）。另有接收日本人較小的企業，不適宜設公司經營者，則採出售或租賃的辦法，讓由私人經營。陳儀同時延續日據時期對煙、酒、樟腦等物品由政府專賣的制度，設專賣局管理。此外，又設立貿易局，由政府掌管物品運銷事宜。

陳儀實行的企業公營、專賣制度以及統籌貿易等措施，當時受到相當多的批評，認爲是與民爭利，剝奪了人民賺錢的機會，但陳儀仍堅持辦理。他不願加重徵稅，將政府財政負擔置於升斗小民肩上，只有另闢財源，而在方式上，又須符合他「發達國家資本、節制私人資本」的理念，於是設制了上述各項統籌經濟的作法。

他不只一次對部屬說：「我們搞統制貿易有兩個目的：一是要使臺灣的重要進出口物資掌握在政府手中，避免奸商操縱，牟取暴利；二是要把貿易所獲的盈餘，全部投到經濟建設上來。這樣做，一定會引起商人們反對，但我們不怕，因爲我們不是爲私，而是爲公。我們所追求的不是要肥少數人的腰包，而是要使臺灣人民的食、穿、用的民生問題逐步獲得解決。」⑦

他又說：「我們這個臺灣小地方，如果走上通貨膨脹、生計日蹙的絕路，怎麼受得了！臺灣人受了五十年含垢忍辱生活才光復，我們忍心破壞臺灣嗎！所以貿易專賣及臺幣等政策，我們無論如何不能放鬆，因爲我們有不能放鬆的苦！」⑧

民國三十六年臺灣的歲入預算，公營事業之收入佔達百分之四十二點七，專賣收入亦達百分之二十四點三，兩者佔了總收入的三分之二，而稅收僅佔全部歲入的百分之二十七。⑨如無公營事業及專賣收入，則需大幅增稅以應支出，此非人民所能負荷，定會引起極大民怨。

事實上，陳儀的這些經濟措施仍未能抑止通貨膨脹。一九四七年初，「二二八事件」發生前夕，臺北市躉售物價指數業已較十年前日治時期漲了二百九十倍，漲幅驚人。然而同時期上海的物價指數更較十年前漲了一萬三千九百三十六倍⑩。兩者相差甚遠。這就是陳儀致力使臺灣在經濟上能自成體系，促進生產，重視分配，並堅持與大陸切隔，自成金融體系的原因與成果。

公有土地放租

臺灣光復初期，農民佔人口百分之五十以上，而其中又約有百分之七十爲佃農，他們向地主租地耕作之平均租率，多爲地主百分之五十五、佃農只有百分之四十五。對佃農更不利的是租賃契約大多爲不定期約，地主退租往往比加租更令佃農痛苦。陳儀爲了改善佃農生計，他依孫中山耕者有其田的理想，訂定了一個「公地放租」的計畫，打算將原爲日本政府擁有的公有土地，分配給「有耕種能力的農民，使其組織合作農場，並利用機器與新技術，希望有二、三十萬或三、四十萬農民（連家屬）由佃農僱農而變爲實際的自耕農，收入比以前增加。」⑪

一九四七年一月，臺灣長官公署公布了「臺灣省公有土地放租辦法」，將公有土地配給有耕種能力之農民耕種，政府收租率一律以正產物全年收穫總量百分之二十五爲準，尚不到私人地主收租率的一半，且租期至少五年，佃農獲得保障。依此辦法放租之面積超過十萬公頃，承租農戶達十三萬戶，佔全部農戶的百分之二十二，爲後來施行三七五減租措施，奠定了良好基礎。⑫

一般人多將推行「三七五減租」及「公地放領」政策歸功於後來任臺灣省主席的陳誠。但陳誠私下亦向人表示，臺灣的土地改革政策，實際上是陳儀主政時策畫設計，他只是「執行而已」。⑬

軍隊送大陸、糧食留臺灣

臺灣回歸之初，中央政府派國軍第六十二軍及第七十軍駐臺，但這些軍費需由地方支付。臺灣當時經濟萬分困難，在百廢待舉之際，尚需承擔軍費，實是一筆可觀支出，加以陳儀又認爲臺灣已回歸祖國，不宜讓人民有仍受軍事統治之印象，此外，他雖重視軍風紀並嚴加督飭，但仍時有軍紀不佳的傳聞，所以陳儀對眾多軍隊駐臺本即不以爲然。此時中央政府在大陸與共軍作戰方殷，需要軍隊，想自臺灣調兵，於是徵詢陳儀意見。陳儀欣然同意中央將駐臺的軍隊調返大陸。另由大陸調一個獨立團駐鳳山，此外有一個工兵營及三個要塞守備大隊以及二營憲兵，分派全省地區。全臺軍隊總數只約五千人，極爲單薄，而臺北地區僅有一連部隊，主要任務是看守各機關倉庫。

當時許多陳儀的親信人物均認爲將駐軍調返大陸不妥，主要是「擔心臺灣同胞長期受日本教化，恐其仇視祖國，可能結聚作亂，故須駐軍防變。」但陳儀卻說：「我以至誠愛護臺人，臺人絕不會仇我，萬一有意外，我願做吳鳳。」⑭後來「二二八事件」快速蔓延全島，一發不可收拾，終又再由大陸調軍鎮壓。

陳儀除同意中央將部隊調返大陸，使臺灣免受駐軍龐大費用之苦，另方面他也不在臺徵兵，以免臺灣青年赴大陸作戰。當時臺灣設有師管區，擬有徵兵計畫，但陳儀並未實行，以致臺灣青年在被日本徵召與聯軍作戰，許多人身死異鄉後，得以免除另一戰禍。

在此同時，中央政府曾多次向臺灣徵米，但陳儀鑑於臺灣人民亦缺米糧，所以反對將米運往大陸，極力抗拒，以致中央無法徵收。陳儀這種「軍隊送大陸、糧食留臺灣」的作爲，套句現在臺灣流行的政治術語，是「臺灣優先」的愛臺行爲。

人員培訓

有些人攻擊陳儀不重用臺籍人士，這種指責未必正確。當時臺灣省長官公署八個處的正、副主管中，臺籍者僅有副處長一人。全省八縣市中，臺籍之縣市長亦僅兩人。其主要原因爲，在日本統治下臺籍人士是不能擔任政府高級行政人員的，因此政府認爲缺少具有行政經驗以及資歷之本地人士，可負主管任務。陳儀原即認識一些居住在大陸的臺籍人士，將他們帶到臺灣，一一加以重用，例如黃朝琴、游彌堅、謝東閔、連震東、黃國書、王民寧、劉啓光、蘇紹文、林忠等，並任命屬青年黨的臺籍人士李萬居爲省府喉舌《臺灣新生報》的社長。陳儀到臺灣後，還立即通知各處處長迅速物色本省人士擔任副處長及各層的副職，使他們熟悉政務，俾得日後接班。⑮此外，他成立了「省訓團」、「勞動訓練營」、「警察訓練所」三個人力培訓機構，大量招訓臺籍青年，目的在迅速培訓能夠擔任公職的人員，以補人手不足之困。

一九四五年臺灣回歸之始，臺籍之簡任官僅一人，薦任二十七人，委任三千六百八十一人。但在陳儀刻意提拔臺籍人士之政策下，一年後，簡任級（包括領簡任待遇者）即已增至二十七人，薦任增至八百十七人，委任更達一萬二千五百七十五人之多。⑯他也曾向蔣介石密薦臺籍之邱念臺爲教育廳長⑰。「二二八」事件後，「臺灣省長官公署」改制爲一般之省政府，除主席已由中央指派立法院副院長魏道明出任外，另設有十四位省府委員。陳儀向國民政府蔣主席推薦由劉啓光、林獻堂、游彌堅、謝東閔、南志信、李連春以及劉青藜七位臺籍人士出任省府委員，並推薦其中之劉啓光及劉青藜分別兼任民政廳長及農林廳長。⑱可見陳儀是有心努力讓臺籍人士參與政府工作的。

推廣教育

陳儀特別重視推廣教育、培育青年學子。全省的歲出，有四分之一是花在教育及文化方面。⑲在他主政臺灣的短短一年半內，除了大力充實原有的臺灣大學之外，還創立省立師範學院以培養師資。在中等學校方面，一九四四年仍爲日治時期時，共有一七四所中等學校，但陳儀主臺不到二年，已使全部中等學校增加到三百四十二所。在國民教育方面，臺灣在日據時代，即已達到百分之七十一的就學率，在陳儀離臺時，國民小學的就學率更推廣到了百分之八二點三七。⑳

由於臺灣被日本統治了半個世紀，許多臺灣同胞的中文程度較低，更少人通國語，對中國大陸亦陌生隔閡。有鑑於此，陳儀認爲許多大陸出版的書刊，不適用於臺灣同胞。於是他成立了「臺灣省編譯館」，延聘著名學人從事編印中、小學教科書、老師教學參考書、一般性民眾讀物，以及編譯辭典和世界名著等，以推廣中文。

推行地方自治

陳儀認爲臺灣在日本殖民之下，人民無法參與政治，現在回歸祖國，應讓他們享有參政權力。於是他積極推動臺灣的地方自治，成立了各級民意機構，使地方人士對省政事務，得以表達意見。一九四六年四月公開舉辦省、縣、市、鄉鎮等各級議會議員選舉。選出區鄉鎮市民代表七千零七十八人，各縣市參議員五百二十三人，省參議員三十人。當時許多臺灣人民對參政興趣濃厚，各地選舉均競爭激烈，以臺南縣參議員之選舉爲例，角逐七十七個名額者，有四百八十一人之多。[21]此外，陳儀還草擬了臺灣「三年自治計畫」，準備自一九五〇年起，實行縣、市長和省長民選。他想將臺灣依孫中山的理想，建設成一個三民主義的模範省，俾當國、共雙方在大陸爭執之際，塑造一個日後可供全中國效法的榜樣。

卸任

一九四七年二月二十八日臺灣發生「二二八事件」，蔣介石對陳儀極爲不滿。蔣在三月九日的日記中寫道：「陳儀平日既以虛矯自飾爲能，事發，又不及時採取有效措施，迄至禍已燎原，始行求援，可痛。華北、延安共禍正熾，而又加此不測之變，苦心焦慮，罔知所極，故上週多爲臺變忙碌也。」[22]

三月十七日陳儀向中央電辭臺灣省行政長官及警備總司令職。四月二十四日下午，陳儀舉行了他在臺灣召開的最後一次記者會。他在答覆記者詢問時說，他原準備在那年解決從日本軍中退伍返臺的三十萬壯丁之失業問題，想利用這批人力來興建水利工程，增加農業生產；同時他也計畫將在臺施行的六年國民義務教育，延至九年。[23]可惜時不我予，陳儀還來不及解決這一大群退伍軍人的失業問題，「二二八事件」就爆發了，這些受過作戰訓練的失業壯丁，有許多就積極地參與了社會的動盪。至於延長國民義務教育的計畫，也因陳儀的離職而延後了二十年，直到一九六八年才施行。

經歷「二二八事件」的新聞界人士江慕雲一九四八年在一篇〈爲臺灣說話〉的文章中，對陳儀在臺灣的施政，有下列評述：

「陳儀長官沒有希望臺灣弄不好的理由，他有理想，他理想著海島眞正實現三民主義，作爲三民主義的實驗園地。

「他要在一個目標和一個組織之下，使政治、經濟、教育、文化、獲得全般的配合，使海島成爲一個眞正的樂園。

「他採取建立經濟防波堤的辦法，在經濟上以專賣貿易政策彌補省庫的財政，以獨力來擋拒中央對臺灣的索求，以政府經營的工廠發揮生產效能，用大量資金，從事復興建設，也企圖以政府的土地交給佃農集體耕種……。他反對臺灣駐兵，他絕不希望而且也不必要以軍隊來增加臺灣人民的麻煩和負擔，認爲這不是征服的土地。他有理想，有計畫，有魄力，他應該欣受臺灣人民的擁護，而事實竟不盡然。」[24]

陳儀在治理臺灣的一年七個月間，竭盡心智、不辭辛勞、夙夜匪懈地爲這塊土地打基礎，爲其人民謀福利，但不幸發生了「二二八事件」。他於五月十一口黯然離臺赴上海，臨行前還認爲自己對臺灣付出的心血，不會白費，而且「臺灣同胞慢慢地會懷念我的。」[25]中央隨後給予他「國民政府顧問」的名義。

浙江省主席

陳儀在上海閒居了一年，埋首書報之中，偶而會見來訪之友人故舊，甚少外出，同時受糖尿病之苦，無意仕途。他曾作一詩以明志：

杜門卻掃且山居，壯志消沉耳順餘；
如此江山如此過，幾番功過幾番悲？
膏肓痼疾誰知曉？腐朽神奇願已虛；
天外仙人應識我，此身何惜付乘除。

一九四八年六月，蔣介石忽又禮賢下士的請曾在日記中被他指責為「以虛矯自飾為能」的陳儀出山，任浙江省主席。

據陳的秘書蔣授謙記述：

「一九四八年春……蔣（介石）以浙事相屬，陳儀以體力衰弱不勝繁劇相辭，向蔣建議起用壯年，如李良榮（黃埔一期，閩南人，後來發布任福建省主席）。蔣以浙江情況複雜，形勢日緊，需要老成，希望陳儀出任浙江省政。在座之人（有宋美齡）交相敦促，辭不獲已，勉承新命。」㉖

一九四九年留在大陸之陳儀另一舊屬錢履周，對陳儀出任浙江省主席一事亦有記述：

「一九四八年六月中旬某日，蔣（介石）忽叫陳（儀）到南京面談。陳早上到南京，蔣就請吃午飯。那時解放戰爭節節勝利，東北已將解放，蔣眼看平津保不住了，便想在長江一線負隅頑抗。他認為湖南和浙江戰略位置重要，前者北通武漢，後者北鄰南京、上海。兩者都要由軍界中資格老的去看家，於是擬讓程潛回湖南，陳儀回浙江。蔣在午飯桌上對陳儀談此問題，宋美齡也在一旁幫腔，慫恿陳儀說：『全靠老朋友助一臂之力，共度難關。』陳儀辭讓說：『在臺灣搞得不好，累了中央增加憂慮。現在正閉門思過，何能再負責任？』蔣說：『不要提臺灣的事了。中央如不把駐臺的部隊調走，何致發生暴動？這責任不能推到你一人身上。目前的問題比臺灣更重要，更危緊了，不得

不借重你。希望你從公誼私交兩方面想一想，慨然答應下來！』陳就不再推辭了。」㉗

陳儀任浙江省主席僅八個月即因慫恿「京滬杭警備總司令」湯恩伯緩和與中共軍隊間之對立活動，而被解除浙江省主席職務。他任浙江省主席雖僅短短數月，但還是做了一些值得一提的事。

擬訂「浙江十年建設計畫」

陳儀出任浙江省主席時，已六十四歲了，自忖不會任職太久，而又想能為家鄉的長遠發展有所貢獻，所以他上任時，就在省政府設立了一個考核委員會，由省府各廳、處、局、會等單位提供基本資料，再以蘇聯的計畫經濟為樣本，擬訂了一個「浙江十年建設計畫」，經省府委員會通過，做為浙江日後發展的藍圖。陳儀在會上說：「以今天的時局和財力論，這個計畫的實行是困難的，但我們有了這個計畫，至少可以留給後來的人做參考。」㉘這個計畫於一九四八年十二月二十五日公布。

成立「浙江省輕便鐵道籌備處」

陳儀認為要建設浙江，首需發展交通，所以成立了「浙江省輕便鐵道籌備處」，準備先恢復武義至金華間的鐵路，並敷設蕭山至寧波、鎮海、象山諸港間的輕便鐵道，俾改進這些港口的吞吐能力。

籌辦「農民學校」

陳儀想提高浙江廣大農民的耕作知識與技能，於是計畫在全省各地設立「農民學校」，教授農民專業智能，增進他們的生產能力，俾帶來較高的收入，改善生活的品質與環境。他首先設立了一個「農民學校籌備委員會」，由有關各廳處長、浙江大學、金陵大學、英士大學的農學院院長以及浙江湘湖師範學校校長等擔任委員，辦理農民學校師資訓練事宜，師資主要來源爲大、專學校農科的畢業學生。籌委會同時徵用土地，準備房屋，俾在師資人員受訓完畢後，即可在各地之「農民學校」教授自耕的農民，以達到「改進技術、提高文化、即學即用、用中再學」的目標。[29]陳儀的這項措施是想實現孫中山「耕者有其田」的土地改革理想。

辦理「二五減租」

陳儀爲了實踐「耕者有其田」的理想，除準備在各地設立「農民學校」外，還將他在臺灣辦理的「二五減租」政策，移到浙江實施，令全省各縣縣長親自督促辦理。

以穀作薪

陳儀上任省主席時，正值法幣惡性膨脹，已達不可收拾之境。中央後把法幣改爲金元劵，不到半個月，又如法幣一般貶値，且速度更快。市場上實際是用金銀糧棉計價，貨幣已完全失去信用。浙江省各級政府公務人員的薪金已無法維持生活。陳儀於是實行以稻穀實物來作薪金的辦法：每個公務員不論地位等級都是每月三擔稻穀，另外依職等差別，再發原來薪金所列之金元劵額。此一不得已的措施，起碼可使公務人員免於無炊之憂。

鏟除「漁霸」

浙江沿海漁民，每次出海皆需大量資金購買食物、冰塊、圍網等，大部分漁民皆受制於高利貸，而捕魚歸來又遭惡勢力盤剝，所剩無幾，毫無生活保障。陳儀深知漁民的痛苦，他感嘆地說：「這些習慣於與大海風暴打交道的漁民……吃了千辛萬苦得來的海鮮，還得忍受大小漁霸的盤剝，以致生計毫無保障……我們不予解決，就是犯了瀆職的罪啊。」㉚於是他指示建設廳從寧波的魚市場開始，以鏟除「漁霸」的敲詐陋規著手，然後逐步引導漁民自集資金，並請農民銀行發放低息漁貸，以解決漁民的痛苦。

陳儀離開臺灣後，已無意仕途，本不願出任浙江省主席，但因蔣介石誠意相邀，不便峻拒，勉強同意，但自認年歲已高，且時局不定，不知能爲桑梓服務多久，故萬事之先，在於擬訂長期建設計畫，俾後來者有所遵循，得依渠理想，建設浙江，造福鄉親。可是他上任僅八個月，即被解職，這應是他所未料及的。

處死

一九四九年二月二十一日陳儀卸任浙江省主席，二十三日在上海住所遭軟禁，四月二十九日轉押至臺灣。一九五〇年六月九日被國防部高等軍法合議庭以「煽惑軍人逃叛」的罪名被判處死刑，於一九五〇年六月十八日在臺北市郊新店公墓被槍決，結束了他六十八年的生命。

陳儀是一位有理想、肯做事、有魄力、敢擔當的政治人物。他無論擔任什麼職務，都想竭盡己能爲國家、人民做出貢獻——小自掘井、鋪路，大到將臺灣金融體系獨立於大陸之外——不計個人一時之毀譽。他這種勇於任事的積極態度，正犯了中國官場「多做多錯」的大忌。尤其是他「節制私人資本」的理念，易被詬爲「阻礙人民發財」，而「發達國家資本」的許多公營措施，往往又需龐大公務機構執行，行政效率常因機構大、人員多、規章複雜而受影響，同時執行人員亦易有舞弊機會。這些都是公營企業以及政府干預市場經濟的通病。此等現象，在吏治不上軌道、行政人員廉能難獲保證時，更爲顯著。因此過度干預自由市場之財經措施，往往利弊互見，本不足奇，關鍵在於是否利多於弊以及能否防微杜漸，逐步改進。以陳儀在臺灣所行的財經措施爲例，他堅持的金融獨立、所設之公營企業以及專賣政策，在他離職後，多被延續，有的至今尚存。

他辦理的「公地放租」措施，更被進一步地推行成一連串的「土地改革」方案。可見陳儀的許多施政，在執行之技術層面，或有瑕疵有待改進，但就政策方向及長遠利益而言，多應肯定。

陳儀在臺灣舉辦的地方政府首長及民意代表選舉，縱在日後戒嚴期間，仍續辦理，爲臺灣之民主政治，立下基礎，其功誠不可沒。

二、人格特質

要瞭解一個政治人物，除應知道他在政治方面的作爲外，也應觀察他的個性、喜好、思想，乃至生活起居等特質。這些特質，往往決定個人的政治行爲。陳儀最明顯的人格特質是：愛國、有理想、勤政、廉正、重義及執著。

愛國

陳儀自幼即充滿了愛國情操，少壯時違背家長要他學商的旨意，東渡日本，進入陸軍士官學校，並加入革命組織「光復會」，以愛民救國爲志。他一心希望中國能成爲一個現代化國家，人民能過安康幸福的日子，這也是他一生努力不懈的目標。

一九二八年他在考察歐洲的途中，曾在筆記中寫下感言：

中國宜以道德文物超越世界：

一、道德：寬大仁慈、忠厚、耐苦種種美德應保持而光大之。不潔、無秩序、私心重、不服理、無公德種種惡習宜革除改良之。

二、文物：應培植有文藝天才之人，使其盡量發揮本能。國家宜特籌經費，將中國之文物介紹於世界。㉛

可見他雖是軍人出身，但並不認爲中國需以發展船堅砲利之方式，才能躋身於世界列強之林。反之，發揚中華文物道德並推及世界，才是他心中的期望。

陳儀在日本求學先後達九年之久，日語流利，且娶日女爲妻，但後因中、日交惡，所以在公開場合，縱與日人交談，也從不說日語。

一九三八年八月陳儀寫給家人的信中，未言家事私情，卻寫道：「自倭寇深入以來，吾同胞所受苦痛，不可以言語形容，唯望大家覺悟，痛改過去只知有個人，不知有國家之舊觀念，祛私心，重公道，戒奢以儉，習勤耐勞，以中國之大，人口之多，自有

否極泰來，建國復興之日也。」㉜

抗日戰爭初始，陳儀認爲當時國力薄弱，故不主張立即與日本全面兵戎相見。蔣介石曾密電陳儀，徵詢對日政策，陳電復：「外交之門，既尚未閉，仍應針鋒相對，折衝樽俎。」㉝有些地方人士及青年學子不明此情，責備陳儀抗日不力。他在一次省府紀念週會中，針對這種指責表示：「外面有不少人誤會我，我希望有人剖開我的心，看看血液中所凝結的是不是『愛國』二字。」㉞

陳儀的朋友同時也在福建跟他做事的知名文人郁達夫，就對人說過：「許多人以爲陳儀是親日派，遲早會將福建斷送，其實我知道他是會抵抗到不惜身殉的。」㉟

一九三九年四月他在寫給妻子的信中，提到對女婿項經方工作的看法：「經方是學過軍醫的，在此抗戰重要關頭，最好請他當軍醫去，不計地位，不論報酬，不問待遇，以極大的忍耐力，爲國家民族去服務。這是中國國民，尤其是知識分子千載一時的機會。」㊱他對親人選擇工作的看法，不像一般人著眼於是否對個人或家庭有利，而在是否對國家社會有益。

一九四〇年六月二十一日陳儀在自己的筆記中寫道：「矢勤矢勇，一心一德，發揮民族固有之德性，砥礪獻身殉國之精神，念念爲救國而犧牲，時時作衛國的準備。」㊲此非在公開場合中說給別人聽的，而是私下自勉之語。在他心中，早就有爲國家犧牲生命的準備。

一九四五年十二月二十三日陳儀在臺灣擔任行政長官時寫信給女兒道：「余二十年來，許身國事，置家於度外，尤其九一八以後，念茲在茲者，唯此危急存亡之國家耳。」[38]一九四九年三月十五日，他已因涉嫌有意與中共談和而被拘禁多時，但還寫信給女兒說：「我一生淡泊，別無希冀，所念茲在茲者，爲人民，爲國家，想把我未盡之生命，作涓滴之貢獻。」[39]

前文提及陳儀年輕時曾與友人合作，成立「裕華墾殖公司」。自他從政後，此公司即交由合夥者管理，但因戰亂，亦不得順利經營。一九五〇年，他被判死刑後尚致函合夥人，建議將公司土地捐給政府興辦農場。他寫道：

「裕華墾植（殖）公司的全部產業，弟意擬送給政府，歸國家所有。三十年拮据經營的一點事業，得以告無罪於任何方面而結束，亦不幸中之大幸。以這一塊大好土地，來辦一個合作農場或國有農場，是適當的，請諸兄熟思後建議於政府。」[40]

陳儀被政府判處極刑，但他仍欲將唯一私產捐給國家，做有意義之運用。這種胸襟及愛國精神，實非常人可比。他與表面上高喊愛國愛民而實際上卻以私利爲重的人不同，他之愛國、愛民是發於內心、根深蒂固而表裡如一的。這種情操也是他行事之最高準則，主導了他一生的事業與命運。

有理想

陳儀除充滿愛國心外，還有高遠的救民理想。他嚮往的中國願景是：「入其境、田野闢、道路平、學校工廠多、山林葱翠、河川通暢、衣服、屋宇皆整潔；及至旅舍，招待親切，賓入如歸。」㊶

陳儀的政治思想深受孫中山先生的影響。他曾說：「我最信行的是耕者有其田的政策，這是治國安民的根本。」㊷

陳儀特別關心民生問題，除想實踐「耕者有其田」的理想外，也一再倡導「不患寡而患不均」的觀念，不贊成大企業私有化。此與當時歐洲流行的「國家社會主義」以及「計畫經濟」思想相似，並符合孫中山倡導的「民生主義」理念，係以「節制私人資本、發達國家資本」爲宗旨，爲廣大貧苦民眾謀生計。陳儀第二次主浙時任浙江省政府設計委員的嚴家理認爲「陳儀思想上是傾向英國工黨的『社會主義』做法。……他認爲英國採取的辦法做得比蘇聯好。」㊸

陳儀這種重視平民福利，認爲社會財富應被人民分享、而非被少數人擁有的理念，是他一生施政所努力奮鬥的目標，縱遇挫折，亦不退縮。

勤政

陳儀「中等身材，體軀堅實，精力充沛，服裝整潔，儀態嚴肅」㊹。或因他在日本受過嚴格的軍事訓練，所以生活嚴謹規律。他帶過部隊、軍階上將，曾任中國東南三個省的行政首長，想必是一威風凜凜的糾糾武夫，但事實上，他雖嚴肅，卻不盛氣凌人耀武揚威，反之待人溫和寬厚。據自陳儀任臺灣省行政長官時起至浙江省長卸任止，三年多來一直追隨身邊任秘書工作並曾住入陳宅常與陳共膳的鄭士鎔回憶：「長官（陳儀）性情溫和，待人寬厚，公私場合，我還未見他疾言厲色的情景。」㊺

陳儀曾寫下座右銘：「身要莊重，心要慈祥，意要安定，志要果毅，氣要和平，色要溫雅，語要簡切，行要迅速，機要縝密。」㊻並以「公正、認眞、有勇氣」做爲自勉的工作準則。他生活嚴謹規律，從早到晚忙於工作，除了處理公務或與人論事外，如有閒暇，就是閱讀書報雜誌，吸收知識，沒有其他娛樂與嗜好。

一些曾在不同時期和陳儀工作過的人，描述他作息情形如下：

曾擔任陳儀秘書多年的蔣授謙說，陳任行政院秘書長時：「一心想提高行政院的工作效率，他習慣於早上六點到院，每天必待文件批閱完後方離去。星期天上午照常出勤，午後才休息。」㊼

據陳儀長臺時的臺灣貿易局局長于百溪回憶：

「他每天總是比規定時間提早一小時到署辦公，晚上推遲一小時回官邸。中午就在公署吃一葷一素一湯的便飯，吃完後繼續辦公，並不休息。晚上回官邸去，吃過夜飯後，除繼續批辦未了的公事外，總要看些新書，直到深夜才就寢。」㊽

曾在臺灣省長官公署任職的蔡鼎新也記述陳的辦公情形：

「每晨八時即見他聚精會神伏案批閱公文，接見省府各廳處長指示機宜，均在一不甚寬敞之辦公室。……晚間下班後，不時巡視辦公室，見有加班同仁，則面予慰勉辛勞，府屬同仁均因之感奮盡職。每以『工作是道德，忙碌是幸福，閒空是墮落，懶惰是罪惡。』勉勵同仁勤懇任事，語句平實而具至理，甚收促進工作效率之效。」㊾

一九四五年十二月二十三日陳任臺灣省行政長官時寫信告訴女兒：「余固忙甚，自晨六時頃起床，直至夜十一、二時就寢，埋頭於公事之中，蓋深感責任之重，遂亦自忘其疲勞耳。」㊿

由於陳儀的生長背景，有些人或會認爲他是一個受傳統教育、思想頑固、待人嚴厲的舊軍閥，其實他是位不斷接受新知、和藹溫切、勤於政事、夙夜匪懈，竭力從公的長者。他幾乎將自己的全部生命，都投入在工作之中，數十年如一日，想盡一己之力，對國家、對人民能有些許貢獻。

廉正

陳儀操守極廉，潔己奉公，處脂不潤，非分之財，一介不取，生活儉樸，不慣奢華。他任福建省主席時，每月的特支費，如有剩餘，一定悉數繳回國庫。在當時國民黨政府的文官、武將中，幾乎沒有人如此做。但更難能可貴的是，他並不以自身廉潔而傲人。反之，他也能體諒當時一些公務員因家累而無法像他一樣的一塵不染。他曾說：「在當世的公務員中，可以自信不會貪污的，恐怕只有我一人，那是因為我沒有子嗣。如果我有子女的話，我也不能擔保自己絕不會貪污。」[51]（註：陳儀以渠兄女過繼為己女）

于百溪回憶說，陳儀任臺灣行政長官時「集黨政軍權於一身，若果他要過帝王式的豪華生活，也不是沒有條件，但他根本不談此調，甘於過著既有規律但又極其刻板的清教徒生活。」[52]

因為廉潔，陳儀雖然久任高官，但其家人都過著與一般民眾相同的勤儉生活。蔡鼎新說：「他的日籍夫人甚樸素，近鄰常見長官夫人攜菜籃出沒於和平東路菜市場中。」[53]

于百溪也回憶「二二八事件」發生後，陳儀忙於公事，竟忘匯寄生活費給住在上海的妻子。于說：

「記得一九四七年四月，我回到上海，陳儀的夫人不知從何得到消息，急急忙忙跑來找我，並訴苦說『陳長官不知忙些什麼，最近兩月都沒有匯生活費來，弄得我十分恐慌。因此特來找你問訊，並請你暫時通融接濟一點，好嗎？』我沒想到一位堂堂行政長官的夫人，竟會因生活費恐慌而向一個沒有直接打過交道的人告貸，實在令人難以置信。」㊹

到了五月，陳儀已返大陸，薪俸始先由人帶至上海交予妻子。據當事人稱，在場陳儀的親屬竟歡呼：「財神爺到了！」陳妻「喜悅之情亦溢於言表，足見其手頭拮据，盼薪資直如望雲霓焉。」㊺

「二二八事件」後，陳儀辭官，回到上海，因從未置產，沒有私人宅舍，住在屬湯恩伯的房子中。據見過他住處的舊屬描述，他的臥室「很樸素，一張普通的牀，兩張沙發，與一張小寫字檯外，沒有別的擺設。寫字檯上堆放了多很書」㊻。

一九四八年七月，陳儀任職浙江省主席時，寫信給女兒叮囑外孫女爲他做橫領結。信中寫道：「我去年託新月㊼做的橫領結，還有一個沒有做給我，夏衣橫領結比較便，請轉致新月做給我，這是我要討的債。」㊽官居省主席，要買領結，應是易事，但陳儀卻要外孫女親手縫製。由此可反映出他的儉樸、親情與家庭教育。

陳儀常以「忠厚」勉勵家人。一九四四年九月一日，他在寫給女兒的信中說：「我平日說肯吃虧是道德，就是寧可多付代價，少得報酬，萬不可貪便宜，寧可被人說忠厚，說傻瓜，不可被人說刻薄。這是我的信條，供你們參考。」[59]一九四九年五月十九日給妻子的信中也寫道：「我平生相信人，待人厚，這是我的性情。可是不知不覺中有好處，有人會暗中幫助。人究竟是有感情的，公道也自在人心。老子說：『天道無親，常與善人。』做善人的，有時也許吃意外的虧，但是不要灰心，這是一種儲蓄。」[60]

他也自勉地在紙條上寫道：「存心要厚道，做事要認眞，待人要和氣，東西要愛惜，收拾要整潔。」[61]以及「害人者終必自害，愛人者人亦愛之。豈能盡如人意，但求無愧我心。」[62]

他曾作詩描述自己的清廉及對名節的珍惜：

治生敢曰太無方，病在偏憐晚節香，
廿載服官無息日，一朝罷去便饑荒。

陳儀生前，兩袖清風，未購房舍。過世後，日籍妻子一時仍居上海，因無家產，需靠賣物維生，後來回到日本，也是靠自己製作手工藝品及親友接濟，度過餘年。曾任國防部長及總統府資政的俞大維先生晚年在臺灣接受記者訪問時，不顧當時政治環境，公開地說：「陳儀是廉正的人，是我最佩服的人。」[63]就連中國共產黨都肯定陳儀爲「民國以來第一位清官」。[64]

重義

陳儀生活刻板規律，儀容莊重嚴肅，處事積極率直，缺乏圓融手段，但卻有炙熱的心腸。他是個心慈義重的人。這可以從渠扶養郁達夫之子郁飛爲例。

陳儀任福建省主席時，郁任省府公報室主任。一九三八年，僑商胡文虎在新加坡辦理《星洲日報》，聘郁任編輯。郁達夫在徵獲陳儀同意後攜妻及長子郁飛前往。

一九四二年，新加坡抵抗日軍吃緊，郁達夫託報社同事尤君浩的妻子帶著十四歲的郁飛回中國，並交給郁飛一張自己的名片，上面僅寫簡單幾字，託請陳儀照顧。那時陳已離福建在重慶任行政院秘書長。尤太太帶郁飛輾轉抵重慶，見及陳儀。陳在看了郁達夫給他的名片後，立即打電話給女兒文瑛。文瑛第二天即帶郁飛回家。從此郁飛就和文瑛一起生活，由陳儀父、女兩人照顧。郁達夫後遭日軍殺害。陳儀一直撫養郁飛到讀完大學爲止。

陳儀在一九四六年五月五日給文瑛的信中寫道：「我覺得郁飛是可以培植的，可以使他發展成爲一個優秀人才，爲國家、爲社會造福。這是我的同情心，也是我的責任心，此外無絲毫別種心思。我既有培植他的諾言在前，我必履行到底。」[65]

陳儀這種盡心扶養亡友之子的俠腸古道，以及履行承諾的信義精神，在社會上是不多見的。

一九四九年四月，陳儀被軟禁在浙江衢州時，因蚊子多，自己雖有蚊帳，但想到照顧他的炊事員陶承喜及勤務兵陳樹聲沒有蚊帳，公家亦未提供，即寫信囑女兒為他們各買一頂。他被押至臺灣後，又多次寫信叮囑家人，購買手錶送給陶、陳，說：「他們很忠實，應該酬謝他們。」㊅

手錶當時是貴重物品，陳儀已是階下之囚，家中經濟拮据，但仍一再叮囑家人買蚊帳、買手錶送陶、陳兩人，顯示他對「下人」的關懷與情誼，也反映出他重義氣與感性的一面。

執著

陳儀非但有他自己的政治理想，亦重實踐，率先力行。王莽、王安石和張居正這些大刀闊斧的改革家，都是他心儀之歷史人物。他們的改革行動及改革結果在當時都引起爭議，是毀譽參半，甚至毀多譽少的，但他們想改革的勇氣與魄力，是中國歷史上政治人物中，所少見的。陳儀似乎受彼等影響，認為只要對國家人民有長遠利益，即應提起勇氣，毅然去做，不必在意一時之毀譽。他說：「政治上要完全有把握後才著手去辦的事，是永遠不會有的。我們只求方向對頭，努力去做，隨做隨改，就一定能達到目的。」[67]

他一向都是埋頭做他認爲應該做的事，不重視外界批評。他告訴部屬：「承擔大事業的人，只求問心無愧，不必顧恤人言。」[68]一九四八年七月，陳儀任浙江省主席後寫信給女兒說：「自我接事以來，一般的批評好的多，將來或許會變壞，等我離開以後，又會變好的，這是我的經驗，所以說好說壞的話，我一直不太注意。我終究還是個我，保持本來面目。」[69]

陳儀歷任要職，但非那種汲汲求官，珍惜俸祿，潔身自保者，而是有理念、有抱負、要做事、有擔當的人。前中華民國駐土耳其大使邵毓麟民國三十四年十月曾隨同陳儀抵臺。他回憶說：「陳儀長官絕不是唯唯否否的鄉愿之類，而是一位有擔當、肯負責、而能決斷的大員。」[70]當年中央通訊社臺灣特派員葉明勳也回憶說：「當年無論識與不識，是友是敵，都不能否定他（陳儀）的有守有爲。廟堂上，佩虎符、坐皐比者，像他這樣的有抱負、有理想、能實幹而無視於權貴的人，確屬少見。」[71]

正因陳儀執著理想，並願爲實現理想而排除艱難，不計毀譽，力行實踐，所以易被人譏之以「剛愎自用」。其實「剛愎自用」與「擇善固執」之差異，僅在評論者是否認同當事人的作爲而已，兩者基本上都是反映一個人有堅定的信念與堅持的原則，而這不也正是領導人物普遍具有的特質嗎？

除了上述的人格特性外，發掘及培養人才也是陳儀一生極爲重視的事。「留意出眾之才，加以充分之培植，使成大器。」⑫是他自勉的工作信條之一。終渠一生，都以發掘人才、提攜優秀後進為職責。經他賞識、提拔而成國家棟梁者，所在多有，其中最知名的有湯恩伯、俞大維、嚴家淦及任顯群等。國民政府遷臺後，許多事業輝煌的臺籍人士，如黃朝琴、謝東閔、連震東等，也都是經陳儀在大陸甄拔，於一九四五年帶到臺灣的工作同志。

三、「二二八事件」

「二二八事件」發生在一九四七年二月二十八日，這是臺灣近代史上的一件大事，影響深遠，直到事逾一甲子的今天，在臺灣的政治與社會上，仍見到此事的「後遺症」。此一事件是因警察執法，禁止攤販售賣走私香煙，引起圍觀者公憤，警察開槍自衛，誤傷一人，導致死亡，而引發的。頃夕間擴大成群眾反政府的暴亂，並迅速蔓延全島。事件發生的基本原因，在於當時臺灣人民對政府的期望，與政府所實際賦予者，相差甚距。至於為何有此落差，則須從時代背景、文化環境、社會結構、經濟情況、政治措施，以及中國與日本戰爭「慘勝」後內戰又起等多種角度分析，始能獲得較客觀的認知，非一般「官逼民反」或「皇民化太深」等簡單詞所能概括。由於事件發生的背景及因素複雜，許多事情仍待釐清，且由學者專家研討，本文不擬置喙，僅就陳儀處理此事件之原則及此事件之死亡人數問題，加以陳述。

處理原則及底線

在「二二八事件」發生前，蔣介石獲有共產黨在臺灣活動的情報，並於一九四七年二月十日致電陳儀，提醒他說：「……據報共黨分子已潛入臺灣，漸起作用，此事應嚴加防制，勿令其有一個細胞遺禍將來，臺省不比內地，軍政長官自可權宜處置也。中正手啓」[73]所謂「權宜處置」，換句俗話，亦即可「先斬後奏」。

事件發生後，臺灣一片混亂，陳儀堅持的底線是：一、確保臺灣屬於中國之主權；二、避免臺灣赤化。只要臺灣同胞遵守此二原則，其他要求均可讓步。他在事件發生六天後（三月五日）對記者說：「余之去留問題，早已置之度外。余今所拚力奮鬥者，厥爲維護臺灣主權及避免共產化。」[74]

在處理事件的方式上，陳儀是以和平之政治方式爲原則。他認定：「武力不能解決今日之局面，徒然引起大屠殺、大流血，惹起國際干涉，貽患無窮。故余忍辱負重，擇定和平解決之方式。」[75]

三月六日，陳儀在呈蔣介石主席的函中說明他處理此事件之態度：

「此次事情發生後，職之處置甚感困難。就事情本身論，不止違法而已顯係叛亂行爲。嚴加懲治，應無疑義。唯本省兵力，十分單薄，各縣市同時發動暴動，不敷應付。……如果依法嚴懲，勢必引起極大反響，無法收拾。爲顧及特別環境，不得不和平解決。（對於毆打外省公教人員一事，不予追究。外省人以爲此後工作將無保障，心甚不安，但職爲顧及大局，不能不如此。）」⑯

蔣介石幕僚在一份向他呈報的《臺民暴動經過及其原因之分析》中寫道：「陳長官對此事極端容忍，凡因此案被捕民眾，一律無條件釋放，死者發給恤金，傷者發給醫療費，並絕不追究發生本案之民間負責人。」⑰

陳儀這種試圖以政治手段和平解決事件的做法，遭到許多人的批評。縱使他的部屬對此也未必均能認同、進而遵行。例如當時駐臺憲兵第四團團長張慕陶，三月五日在給首都憲兵司令部轉呈蔣介石的報告中，即埋怨陳儀「似尚未深悉事態之嚴重，猶粉飾太平。」⑱情治單位中統局局長葉秀峯三月十日呈蔣介石的報告稱：「暴徒武力日強，陳長官似尚在粉飾求全。」⑲指責陳不以激烈手段鎮壓暴亂。

據當時駐高雄要塞司令彭孟緝事後的自述，三月四日當他考慮是否以武力壓制高雄地區的動亂時，「陳（儀）長官正在制止採取軍事行動」並指示他「應循政治方法解決」，命他「限電到即撤兵回營」。彭當晚復電陳儀表示「事件已非政治途徑可以解決，軍事又不能遲緩一日，……職不知將在外君命有所不受，是否此正其時也。爲功爲罪？敬候鈞裁。」表示不服從身兼臺灣警備總司令的陳儀有關禁止採取軍事行動的命令。兩天後，警備總部第四處處長熊克禧以私人身分拍電報給彭孟緝稱：「武裝平亂，弟極贊同。今兄之放膽作爲，竟不能見容於上司，苦痛自在意中，幸自高雄勝利平亂以來，大局已見曙光，臺北意見亦逐漸於兄有利，尚乞繼續戡亂，勿爲愚昧所阻擾。」[80]所謂「不能見容於上司」，即是指遭陳儀之反對。這顯示至少有部分軍方人士及情治人員，不同意陳儀以政治方法和平解決事件的原則，並有違令的行爲。

三月七日，第二十一師師長劉雨卿中將奉中央令，搭美齡號專機抵臺北。該師第一批官兵於次日抵基隆，第二梯次在師部參謀長江崇林少將率領下，亦於九日在基隆登陸。江少將在晉見陳儀時，陳儀還叮囑他說：「臺灣人民多富守法精神，處理問題不會有很多麻煩，參與暴亂的人還是極少數。」[81]次日，陳儀接獲報告，有軍紀不良、士兵毆打百姓的情形，他極爲關切，立即下令制止，並寫手諭給臺灣省警備總部參謀長柯遠芬：

「柯參謀長：據報本日上午已有好幾起士兵凌辱及毆打臺灣人事件，現在收攬民心最爲急務，希即通令軍憲不得隨意傷害臺人，注意保護善良民眾，各部隊排連長以上人員應不斷四出巡視，制止並曉諭士兵不得再有此種行爲，至要。儀　三月十日上午十一時半」[82]

三月十三日蔣介石亦致電陳儀：「臺灣陳長官，請兄負責嚴禁軍政人員施行報復，否則以抗令論。」陳儀覆電：「已遵命嚴飭遵辦。」[83]

時任臺灣警備總部副參謀長的范誦堯，晚年做口述歷史的訪問時指稱，「二二八事件」期間，在軍事上，陳儀並不一定知道眞相，並直言：「陳儀治臺期間，在軍事上無法掌握全盤。」[84]因而，事件發生後，陳儀雖以「政治方式和平解決」做爲最高的處理原則，但實際的執行情形，與此原則應是有差距的。

鄭士鎔在回憶時亦寫道：

「在事變的過程中，我冷靜觀察，發覺長官（陳儀）敵手出乎意外的多。……但殺傷力最強的則是國民黨內各特務機構對長官開明作風的反擊。於是事變一起，長官即成爲眾矢之的，不只四面楚歌，簡直八方受敵。其中我較瞭解內情的是長官主臺後放寬政治尺度，不准治安機關濫捕濫殺的決策，最受特務機構的不滿與敵視。」[85]

周一鶚回憶說：「陳儀此番到臺，原主張放寬政治尺度，絕不隨便捕人，尤其是對本省籍人士更應該開明一些。但警備總部和憲兵團以及國民黨省黨部對於所謂『異黨活動分子』仍偵察不遺餘力。如果是社會知名人士，勢不得不告陳儀，因而得以倖免；如果一般人士，只要瞞過陳儀，他們就爲所欲爲……。陳儀爲自己的意旨不能貫徹而深感憤慨。」周又說：「可是一旦陳儀權力發生動搖，軍統、中統同流合污，無所顧忌地爲所欲爲，陳儀便無從控制了。『二二八事件』中的情況就是這樣。例如宋斐如和林茂生（臺大臺籍教授）的被殺害，陳儀就很痛心地告訴我：『他們（情治單位）事先不請示，事後還要求補辦手續，眞是無法無天！』」[86]

一九四八年九月，陳儀出任浙江省主席，找侯定遠負責杭州警務。他對侯說：「我在臺灣就是吃了警察的大虧，他們藉機敲詐勒索，任意打人罵人，甚至隨便逮捕人，鬧出了許多亂子，老百姓都歸責於我。你知道浙江是我的家鄉，在北伐時，鄉紳就擁我搞浙江自治，今天，我當浙江省主席，絕不能讓警察來毀我名譽。」[87]可見陳儀在臺灣時是不允許濫捕亂殺的，但卻未能有效駕馭部屬。

死亡人數

「二二八事件」中死亡的人數，眾說紛紜，從幾百到上萬都有。同時對統計的期間認定，亦不一致，有的僅算到一九四七年三月八日第二十一師抵臺，動亂大致平息爲止，譬如時任臺灣警備總司令部參謀長的柯遠芬所撰〈事變十日記〉，即作此認定，這是狹義的事件時間。有的將三月二十一日起至五月十六日間的「清鄉」活動也算入，即所謂廣義的事件期間。有的更將一九四九年中央政府遷臺後因所謂「白色恐怖」而遭死難者，也都算到了「二二八」的頭上。

事件後，據臺灣警備總司令部的調查，截至一九四七年三月三十一日止，軍警人員死亡：官佐十四人、士兵七十四人，受傷官佐一百零八人、十兵二百一十八人；生死不明者：官佐二人、士兵二十四人；公教人員及一般百姓：死亡三百零四人、受傷者一千五百五十六人；總計：死亡（包括生死不明者）四百一十八人、受傷一千八百八十二人。[88]

一九九五年立法院通過「二二八補償條例」，由行政院委託「二二八事件紀念基金會」受理相關補償案件。該條例經過四次修改，一再放寬申請條件並延長申請期限，截至二〇〇六年止，申請成立的補償件數共有二千二百六十四件，其中死亡案件有六百八十件，失蹤有一百七十九件，其他包括被監禁、受傷甚至「名譽受損」等共有一千四百零五件。[89]

「二二八事件」到底死了多少人呢？依據上述「二二八事件紀念基金會」賠償案件死亡加上失蹤者，共爲八百五十九人。但實際死亡人數應不止此，主要原因有二：（一）、因時空關係，實際受難人數較半個世紀後申報之人數，應只會多，不會少；（二）、「二二八」受難者中，也有外省籍人士。由於當時外省籍者許多是隻身來臺，少數攜眷者，事件後家人亦返回大陸，所以這些外省籍受難者，多無家屬能在臺申請補償。由此可知實際死亡者會多過八百五十九人。但會多很多嗎？似亦不至於，其原因亦有二：（一）、當時受難臺籍人士，現無家屬親人在臺能向「二二八事件紀念基金會」申請補償者，應非多數；（二）、外省籍死亡人數應比臺籍者少許多，縱有外省籍死亡者現因無家屬親人在臺能向「基金會」申請補償，但諒人數不會多。以此推理，「二二八事件」實際死難人數應較「二二八事件紀念基金會」統計的八百五十九人多，但也不應多得離譜。

一般所謂的二二八受難者，包括死、傷及坐牢者。持平而論，他們之間又應分成三類。第一類是無辜受累或遭池魚之災者。第二類是雖有不法行爲，亦曾被制裁，但事輕法重，不符司法上之公允原則。第三類是行爲的確嚴重違法（如傷人、搗毀財物、教唆暴亂、破壞治安、或持械對付軍警等）而依法受到懲處者。這類人無論處在那個法治的國家，都會被繩之以法的。所以嚴格地說，在這三類中，只有前兩類是「受難者」，應得到政府適當的賠償。

承擔責任

「二二八事件」之發生及政府之因應，有其特殊時空背景及複雜因素。曾參與此事件或與導致此事件有關者，人數眾多。凡此，上自政府領導人士，下至平民百姓，每個人因角色不同，對事件之影響及責任亦異。許多人的功過是非，縱使蓋棺，仍難論定。但陳儀是當時臺灣最高軍政首長，事件在他任內發生，他當然應對這歷史悲劇，負比其他人要大的責任。

一九四七年四月十一日陳儀向中央提請辭職，蔣介石親筆函覆，謂陳「收復臺灣，勞苦功高，不幸變故突起，致告倦勤，殊爲遺憾，現擬勉從尊意，准先設立臺灣省政府，至長官公署，須待省府成立，秩序完全恢復時，准予定期取消。」[90]

「臺灣省行政長官公署」於一九四七年四月廢止，改爲「臺灣省政府」，其組織及首長（省主席）之職權，亦有調整。四月二十二日，中央發表由魏道明出任省主席。高雄要塞司令彭孟緝，亦因「平亂」有功，受到蔣介石之擢拔，於五月三日奉命接替陳儀出任臺灣省警備總司令之職。

陳儀於五月十一日離開臺灣。他事後與舊屬談到「二二八事件」時，自我檢討地說：「這是由於我襟懷過於坦白，太相信自己，而缺乏政治警惕性所致。我爲了軍民關係處得好些，將軍風紀欠佳的原駐軍撤走，我沒想到新軍抵臺後，竟演出不應該有的報復性鎮壓，眞讓人痛心。我相信許多人，包括臺灣人民是會瞭解我的。」(91)

臺灣戰後，百廢待舉，接收工作，千頭萬緒，且施政多爲新猷，無前例可循，故倍爲困難。陳儀出任行政長官時，已是六十二歲高齡，但他依然廢寢忘食地爲臺灣打拚，於極困難的情況下，夙夜匪懈地從事興建與改革，在短短的十六個月中，推展了許多工作，其中不乏良法美意，不幸「二二八事件」發生，所有功績均被淹沒。但證諸一九四九年中央政府遷臺後，許多施政仍是依陳儀當年的規畫，繼續實行，可見陳儀對臺灣的貢獻，不應因「二二八」而一筆勾消。

四、反戰與被押

陳儀一生以造福人民爲己任，又因本身是軍人，且實際帶過兵，打過仗，瞭解戰爭的殘酷與破壞性，所以基本上他是反戰的，尤其反對內戰，不願見到中國人手足自殘，地方建設遭受破壞，人民經歷災難。

反戰言行與被押原委

陳儀任職浙江省主席時，擔任「京滬杭警備總司令」的湯恩伯曾與陳儀商量杭州布防問題，陳儀就對湯恩伯說：「杭州素來是歷史文物重要地，並非兵家要地，何況是國際有名的風景區，花園都市，無論北伐戰爭和抗日戰爭都未遭戰爭破壞。我是浙江人，在孫傳芳時代，我就受杭州父老之託，要使杭州免於戰火，難道我今日能忍心見杭州百萬鄉親和歷代積存下來的名勝古蹟付之炮火之中。希望你不必再提杭州布防事宜。」[92]他又曾對湯說：「國共打了這麼多年的仗，兩敗俱傷，徒苦人民。現在勝負之局已分，應及早謀求和平，使人民恢復安定的生活。」[93]

一九四九年元旦，陳儀在慶祝會上致詞公開表示：「對日作戰，創巨痛深，萬萬不能再有內戰，此後應同心同力，促成和談。」[94]陳儀顯然不願見到內戰蹂躪江南，衷心期盼國共和談成功。

一九四九年一月，國、共戰爭，消長之勢已極爲明顯，雙方代表進行和談。蔣介石在各方壓力下，宣布「下野」，辭去所有政府職務。陳儀於蔣「下野」一週後（一月二十七日），將一封親筆寫的簡箋及一張字條交給外甥丁名楠，囑赴上海面交湯恩伯。簡箋只是引介丁君。字條沒有上、下款，也沒具名，是以毛筆直行書寫，全文如下：

一、軍隊宜緊縮
二、待遇宜提高
三、駐地宜規定
四、軍風紀嚴肅
五、滬防禦工事宜停止，已徵集之材料，酌量歸還
六、營房宜多建
七、徵兵宜減少或竟停徵
八、軍事機關宜緊縮，事權須統一

另又以鋼筆寫下：

甲

一、儘先釋放政治犯

二、保護區內武器軍需及重要物資

乙

一、約定○地區在區外停止暫不前進

二、依民主主義原則於○月內改編原有部隊

三、取消○○○給予相當職位[95]

第二天，亦是農曆除夕傍晚，丁名楠到了上海湯恩伯宅，將陳儀的簡箋及字條面交給湯。湯在考慮後，未與陳聯絡，即將此兩物拍攝照片，交保密局局長毛人鳳親自帶到奉化，給了已經辭去政府職務的蔣介石。

一九四九年二月十七日在廣州的行政院（院長爲孫科），根據蔣介石從奉化發的密電指示，將陳儀免職。陳儀當時並未料到已有殺身之禍，還對部屬說：「這次卸任後可以擺脫公務生活了。」[96]頗有無官一身輕之感。蔣經國第二天代表其父打電話邀陳儀去奉化一談，陳答以等移交後再去。蔣介石的侍衛長俞濟時也奉命打電話給陳儀。蔣本人亦有電報致湯恩伯轉給陳儀，語氣和緩：「湯總司令轉公洽兄：交卸後請來溪口一談。」⑰蔣顯然想與陳面談，瞭解實情。

二月二十一日舉行了浙江省主席之移交典禮，陳儀在臨別講話中，還以浙省大事向繼任者周喦殷殷囑託，隨即乘車離去，沿途街道擠滿了歡送的群眾。陳儀未去奉化，當晚直驅上海，乃宿湯恩伯給他準備的宅舍中，但湯不在上海，兩人未見面。二十三日即有警特人員到陳住處收繳隨扈人員槍械，搜查住宅，並將陳軟禁，隨後經浙江衢州，於四月二十七日，亦是杭州被中共取得的前六天，被押抵臺灣。

陳儀為什麼會寫那字條給湯恩伯呢？這是因為他們有情同父子的關係。湯恩伯原名克勤。鄭文蔚在文章中寫道：

「湯恩伯原是浙江武義縣一窮書生。『恩伯』不是湯的原名，這個名字，是他為不忘陳儀早年的提攜之恩才取的。後來湯已成了蔣介石軍事系統中的一名中將，仍對陳儀執弟子之禮，人前人後，湯常聲言他有兩個父親，一個是『生我者』，一個是『育我者』。陳儀的隨從副官曾對我說，老人家每次到南京去，湯必到站恭迎，火車一停，便跳上車廂，扶老人家下車，步出月臺。」⑱

錢履周也說：

「據湯恩伯自己說，湯在日本讀士官學校，一天下大雪，他正在陳儀宿舍裡凍得發抖，陳儀摸他身上，見他只穿一件破棉襖，即把身上羊毛線衫脫下來給他，自己開箱換了一件。他畢業回國後，因沒有人認識他，得不到飯碗，閒住了很久，後來是陳把他薦給蔣介石，才一帆風順地做了大官。湯無論當人面或背後，對陳總稱『陳先生』。見人就說：『不獨陳先生一手提拔我，我一生做事做人都是陳先生教我的。』」[99]

陳、湯兩人關係深厚，原本政壇佳話。湯恩伯後亦受蔣介石賞識而獲重用，與陳誠、胡宗南成了蔣手下三大將領，故有所謂「陳胡湯」之稱。據陳儀女兒文瑛的回憶，陳被軟禁後，湯恩伯有信給陳，表示自己很痛苦，有難言之隱，日後將去看陳，面談一切，但此後就再也沒有音訊了。[100]

一九五〇年五月，蔣介石下令國防部組織特別法庭審判陳儀，由顧祝同爲審判長，徐永昌、孫連仲、戴佛、劉夢九爲審判官。

一九五〇年六月六日，湯恩伯在接受陳儀案件審判官詢問時，也敘述了他與陳儀的深厚關係：

「我與陳公俠先生私交很好，我年幼時往日本求學完全是他供給的，故平日對他如師、父。他所指教的事，很少違背的，但對於這次他指示我的事，我卻不能不違背了。」[101]

陳儀爲什麼有與中共談和的念頭呢？他在被押到衢州時，告訴陪伴他的女兒說：「我這樣做不是爲我自己，已經這樣大年紀了，將來我不會出來做事。我對共產黨的一套做法是不懂的，我只為江南千百萬百姓免受災難。北平的和平解放就是一個很好的例子，為了你們年輕一代，將來能過好日子。」⑩②

一九五〇年六月五日，陳儀在臺北接受會審時，說明了他寫那字條給湯恩伯的原因：

「我在浙江很想做點建設事業，那時我只管行政，軍隊是歸湯恩伯所帶。那時因為總統下野，人心惶然，浙江民眾一般心理都想能免兵亂，時常有士紳來說起，所以在我外甥丁名楠去上海時，才寫這封信給湯恩伯，當時我以為隨便談談，如不以為然，看過丟了就是了。」⑩③

但陳儀萬萬沒有想到，湯恩伯非但沒將那字條丟掉，還拍照託請情報頭子親自專程到奉化呈給蔣介石。

湯恩伯六月六日在答覆審判官的詢問時也說：「我往杭州時，曾與陳先生（儀）談起世界趨勢。他的看法不同，謂第三次世界大戰必起，但我們內部需要和平建設，不能再從事戰爭。」⑩④

由上可知，當時蔣已下野，陳儀只是將尋求和平之想法告知湯恩伯，此外，並無任何有計畫的行動。他並非要「反蔣」、「起義」或「投匪」，只是不希望中國繼續內戰，導致生靈塗炭。他的基本動機單純，就是為了江南百姓免受兵亂，年輕一代能過好的日子。

五、處決

陳儀被押抵臺灣後，時任行政院政務委員的俞大維及國防部參謀次長林蔚，以陳儀故交、舊屬的關係曾分別探望過他。林蔚勸陳向蔣介石認錯，並表示如能寫一悔過書，則蔣即允恢復他的自由，在臺灣居住。但為陳儀所拒。陳說：「我有何錯？我無錯可認，他不高興，可以殺我。我年已過半百，死得了，悔過書我不能寫。」林蔚說：「總得讓蔣先生下臺。」陳儀答道：「下不下臺是他的事，我沒有要他把我抓起來。」(105)

湯恩伯曾上書蔣介石請求寬處陳儀：

「前浙江省主席陳儀思想錯誤一案，職為黨國前途與當時責任，已中大義於先，唯職與其有師生之誼，揆諸我國傳統道德，應盡私情於後，伏懇鈞座念其七十暮年，曲予矜全，從輕處分，以終殘生，於國家法紀無虧，在職得公私兩全。」(106)

湯亦曾請見蔣，擬為陳說項，但未獲見。在此之前，軍法局長張銑曾奉命親向湯索取本案陳儀致湯之字條，但湯表示因渠與陳私交甚深，且保密局已存有原件照片，故不願繳出。(107)湯也曾向審判官們要求「維持陳的生命安全，指定一個地方，叫他居住以了殘年。」[108]

一九五〇年六月九日國防部高等軍法合議庭判決陳儀死刑。其罪名並非「叛國」或「通敵」，而是「煽惑軍人逃叛」。判決書上呈蔣介石，蔣親批：「准處死刑可也即日執行」。[109]

一九五〇年六月十八日，陳儀被槍決，臨刑時是穿著西裝，打著領帶，儀容整潔，沒有腳鐐手扣。根據執行槍決任務的李國祥描述，其經過情形如下：

十八日凌晨二時許，五位執行任務者抵陳儀被押之臺北市中華路憲兵四團看守所，面告陳儀晨間蔣介石要召見，請他起床準備。陳信以爲眞，立即起床，沐浴盥洗並自煮食早餐，至四時三十分許上車出發，神色平靜自若。車行至新店空軍公墓，軍法官於宣讀判決書後，問道：「奉總統手批執行槍決，你有什麼話說沒有？」陳凜然回答：「我人死精神不死，我的血是替京滬杭一千八百萬軍民同胞流的。」軍法官又問：「對你的親人子女還有什麼話要說？」陳沉思了一會，抬頭說：「沒有。」軍法官即揮手說：「執刑。」陳從容鎮定向前方步行約十餘公尺，背後被擊兩槍倒地，仍不停地在呼吸，又被補上一槍，斷氣斃命。[110]

陳死時六十八歲，是國民政府有史以來處決者中，軍階最高的一位。陳儀遭監禁之初，時任四川省主席之老友張群曾向蔣介石說項，請蔣將陳交他帶至四川，以便看顧。但蔣對張說：「我待公洽比你還好，你不必管此事。」[111]但陳被處決後，蔣獲知其死不

「認錯」，極爲憤怒，他在六月十九日的日記中寫道：「據報，其（陳儀）態度倔強，可謂至死不悟。乃知共匪宣傳之深入，甚至此種萬惡官僚之腦筋，亦爲其所迷妄而改變，不知其有國家民族，而反以迎合青年爲其變節來由矣。宣傳之重要有如此也。」[112]

陳儀恐國、共相戰會導致京、杭古蹟摧毀，江南生靈塗炭，故盼雙方爭議能夠和平解決，結果被處死。但後來他所擔心的情景，並未發生，國、共部隊沒有激戰，而是國軍不戰而走，節節撤退，共軍幾乎兵不血刃即「解放」了江南廣大地區。

陳儀自被押到槍決，前後輾轉拖延一年四個月。有人認爲蔣介石最初並未決定要置他於死，但後因大陸兵敗山倒，在眾叛親離下，需殺足以震撼人心者以立威，陳儀自然是理想對象。國民黨大員谷正綱即曾表示，蔣殺陳是要用他的頭來鎭壓人心[113]。又因蔣退守孤島，臺灣已是他最後的基地，而「二二八事件」使臺灣人民對國民政府缺乏好感，殺陳儀正可平息「民怨」。蔣在風雨飄搖中，殺陳儀可收一石二鳥之效，而陳又始終不向蔣「認錯」，所以蔣終於處決了陳。這種推論，似屬合理。

陳儀被處死後，曾任國民政府行政院長而當時住在法國的翁文灝作了兩首〈哭陳公洽〉詩，其中一首讚譽陳的治績及善於拔擢人才：

海陸東南治績豐，驚心旦夕棄前功；
試看執楫理財士，盡出生前識拔中。

另一首讚揚陳耿介正直的行性，任行政院秘書長時，敢與貴為皇親國戚且權傾一時的孔祥熙對罵：

一時親貴誤經綸，耿直如公有幾人；
最憶巴橋廷議席，面言秦檜是奸臣。

六、結語

陳儀一生的行為準則就是愛國、愛民。他無私地將自己的一切都奉獻給國家，為人民造福。他甚至認為自己是為了追求國家和平與人民安寧而死，故臨刑正氣凜然，無懼無悔。他的從容受難，也顯示出內心的平靜以及頂天立地的軍人本色。

他深愛臺灣，曾為此一寶島嘔心瀝血，臨終前尚念著臺灣的青年子弟以及臺灣的未來。

陳儀年輕時參與反清之革命活動，又曾在袁世凱的北洋政府中工作，繼受南方軍閥孫傳芳的重用，再被蔣介石延攬，歷任國民政府要職，最後又有意與中國共產黨談和。

他一生的經歷曲折，也反映了中國自清末以來的時代演進與政治變遷。陳儀離臺前曾做詩〈無題〉一首，描述自己：

事業平生悲劇多，循環歷史究如何；
癡心愛國渾忘老，愛到癡心即是魔。

這眞是他一生的寫照。

原載於《傳記文學》第九十四卷第二、三期，二〇〇九年二、三月
二〇〇九年十一月增修

註釋

①鄭士鎔〈細說我所認識的陳儀〉，《傳記文學》第八十八卷，第三期，二〇〇六年三月，頁二十六。

②蔣廷黻英文口述稿，美國哥倫比亞大學口述歷史譯稿之一，謝鐘璉譯，《蔣廷黻回憶錄》，（臺北，傳記文學出版社，一九七九年三月），頁二一六。

③葉明勳，〈不容青史盡成灰〉，《聯合報》，一九八八年二月二十九日。

④同上。

⑤常少揚，〈追思先輩盼統一——訪陳儀將軍之女陳文瑛〉，《人民日報》（海外版），一九八五年十一月七日。

⑥佚名，〈陳公洽與臺灣〉，收錄於李敖編著，《二二八研究》三集，（臺北：李敖出版社，一九八九年二月），頁一九七。

⑦于百溪，〈陳儀治臺的經濟措施〉，收錄於陳海濱編輯《陳儀生平及被害內幕》，（北京：中國文史出版社，一九八七年六月），頁一一九。

⑧佚名，〈陳公洽與臺灣〉，《二二八研究》三集，頁一八七。

⑨侯坤宏，《二二八事件檔案彙編》（十七），（臺北：國史館，二〇〇八年二月），頁三四二。

⑩佚名，〈陳公洽與臺灣〉，《二二八研究》三集，頁二三〇。

⑪陳儀，〈三十五年除夕廣播辭〉，收錄於王曉波編《陳儀與二二八事件》，（臺北：海峽學術出版，二〇〇四年二月），頁二八四。

⑫周明，〈臺灣土地改革實務與理論補述〉，收錄於蕭銘祥編，《走過從前迎向新世紀：慶祝臺灣光復五十周年口述歷史專輯》，（南投：臺灣省文獻委員會編印，一九九五年十二月），頁一九六～二〇九。

⑬劉鳳翰訪問，劉海若記錄，《丁廷楣先生訪錄記》，（臺北：中央研究院近代史研究所，一九七〇年十月），頁一九八。

⑭毛森，〈陳儀迫湯投共始末〉，《傳記文學》第五十二卷第四期，一九八八年四月，頁五十三～五十四。

⑮周一鶚，〈陳儀在臺灣〉，收錄於陳海濱編輯，《陳儀生平及被害內幕》，（北京：中國文史出版社，一九八七年六月），頁一一〇。

⑯陳儀，〈三十五年除夕廣播辭〉，《陳儀與二二八事件》，頁二八二。

⑰候坤宏，《二二八事件檔案彙編》（十八），頁三二一。

⑱候坤宏，《二二八事件檔案彙編》（十八），頁三一四。

⑲同註⑨。

⑳佚名，〈陳公洽與臺灣〉，《二二八研究》三集，頁二二七～二二八。

㉑王文裕，《李萬居傳》（南投市：臺灣省文獻委員會，一九九七年六月），頁五十六。

㉒候坤宏，《二二八事件檔案彙編》（十七），頁二十七。

㉓王康，〈王康的回憶〉，收錄於張炎憲．李筱峰編，《二二八事件回憶集》，（臺北縣：稻鄉出版社，民國七八年一月），頁二三〇。

㉔江慕雲，〈為臺灣說話〉，《陳儀與二二八事件》，頁二五三。

㉕江慕雲，〈爲臺灣說話〉，《陳儀與二二八事件》，頁二五五。
㉖蔣授謙，〈陳儀任浙江省主席的歷程〉，《陳儀生平及被害內幕》，頁一二三。
㉗錢履周，〈陳儀任浙江省主席始末〉，《中報》，一九八九年五月五日。
㉘嚴家理，〈陳儀主浙見聞〉，《陳儀生平及被害內幕》，頁一二九。
㉙嚴家理，〈陳儀主浙見聞〉，《陳儀生平及被害內幕》，頁一四一。
㉚貢沛城，〈浙江經濟建設與陳儀的設想〉，《陳儀生平及被害內幕》頁一四二～一四三。
㉛陳文瑛，〈陳儀雜記、書信選〉，《陳儀生平及被害內幕》，頁一八七。
㉜陳文瑛，〈陳儀雜記、書信選〉，《陳儀生平及被害內幕》，頁一九四。
㉝錢履周，〈陳儀主閩事略〉，《陳儀生平及被害內幕》，頁三十四。
㉞張果爲，〈浮生的經歷與見證〉，《傳記文學》第三十五卷第一期，一九七九年七月，頁九十九。
㉟陳文瑛，〈陳儀與魯迅、郁達夫的交往〉，《陳儀生平及被害內幕》，頁二十八。
㊱陳文瑛，〈陳儀雜記、書信選〉，《陳儀生平及被害內幕》，頁一九五。
㊲陳文瑛，〈陳儀雜記、書信選〉，《陳儀生平及被害內幕》，頁一九一。
㊳陳文瑛，〈陳儀雜記、書信選〉，《陳儀生平及被害內幕》，頁一九六。
㊴陳文瑛，〈陳儀雜記、書信選〉，《陳儀生平及被害內幕》，頁二〇一。
㊵侯坤宏，《二二八事件檔案彙編》（十八），（臺北：國史館，二〇〇八年二月）頁一六七～一六八。
㊶陳文瑛，〈陳儀雜記、書信選〉，《陳儀生平及被害內幕》，頁三。
㊷同註①。

㊸嚴家理，〈陳儀主浙見聞〉，《陳儀生平及被害內幕》，頁一三〇。
㊹貢沛誠，〈浙江經濟建設與陳儀的設想〉，《陳儀生平及被害內幕》，頁一四〇。
㊺鄭士鎔，〈細說我所認識的陳儀〉，《傳記文學》，二〇〇六年三月，頁十一。
㊻陳文瑛，〈陳儀雜記、書信選〉，《陳儀生平及被害內幕》，頁一九四。
㊼蔣授謙，〈陳儀、孔祥熙衝突的因果〉，《陳儀生平與被害內幕》，頁八十四。
㊽于百溪，〈陳儀治臺的經濟措施〉，《陳儀生平及被害內幕》，頁一一八。
㊾蔡鼎新，〈陳儀的另一面〉，《中外雜誌》第四十九卷第四期，一九九一年四月號，頁九十一。
㊿陳文瑛，〈陳儀雜記、書信選〉，《陳儀生平及被害內幕》，頁一九七。
51鄭士鎔，〈細說我所認識的陳儀〉，《傳記文學》，頁六。
52同註㊽。
53同註㊾。
54于百溪，〈陳儀治臺的經濟措施〉，《陳儀生平及被害內幕》，頁一一九。
55鄭士鎔〈細說我所認識的陳儀〉，《傳記文學》，頁二十四。
56胡允恭、〈陳儀在浙江準備反蔣紀實〉，《陳儀生平及被害內幕》，頁一六四。
57陳文瑛長女項斯月的小名。
58陳文瑛，〈陳儀雜記、書信選〉，《陳儀生平及被害內幕》，頁一九八。
59陳文瑛，〈陳儀雜記、書信選〉，《陳儀生平及被害內幕》，頁一九六。
60同上。
61陳文瑛，〈陳儀雜記、書信選〉，《陳儀生平及被害內幕》，頁一九一。

⑥²陳文瑛，〈陳儀雜記、書信選〉，《陳儀生平及被害內幕》，頁三。
⑥³《聯合晚報》，一九九一年二月二十二日。
⑥⁴〈柯遠芬接受臺灣省文獻會訪問口述實錄〉，《自立早報》，一九九二年二月二十八日。
⑥⁵陳文瑛，〈陳儀雜記、書信選〉，《陳儀生平及被害內幕》，頁一九七。
⑥⁶陳文瑛，〈陳儀雜記、書信選〉，《陳儀生平及被害內幕》，頁二〇八。
⑥⁷周惠生，〈陳儀的田糧政策雜憶〉，《陳儀生平及被害內幕》，頁六十八。
⑥⁸同上。
⑥⁹陳文瑛，〈陳儀雜記、書信選〉，《陳儀生平及被害內幕》，頁一九八。
⑦⁰邵毓麟，《勝利前後》，（臺北：傳記文學出版社，一九六七年九月），頁一一〇。
⑦¹葉明勳，〈記取歷史的教訓〉，《傳記文學》第五十五卷第五期，一九八九年十一月，頁四十四。
⑦²陳文瑛，〈陳儀雜記、書信選〉，《陳儀生平及被害內幕》，頁一八九。
⑦³《二二八事件檔案彙編》（十七），頁一〇七～一〇八。
⑦⁴林德龍輯註，《二二八官方機密史料》，（臺北：自立晚報社，一九九二年二月），頁一〇八。
⑦⁵同上。
⑦⁶《二二八事件檔案彙編》（十七），頁一二六～一二七。
⑦⁷《二二八事件檔案彙編》（十七），頁一三一。
⑦⁸《二二八事件檔案彙編》（十七），頁一一九。
⑦⁹《二二八事件檔案彙編》（十七），頁二〇九。
⑧⁰孫宏堂，〈名流碩望難倖免，繫獄逃亡不勝數〉，《新新聞週刊》第二六〇期，一九九二年三月一

日，頁二十三。

㉛江崇林，〈可恥的創痕（上）〉，《中外雜誌》第四十二卷第四期，一九八七年十月，頁五十九。

㉜《二二八事件資料選輯（一）》，（臺北：中央研究院近代史研究所，一九九二年二月），頁三七八。

㉝陳翠蓮，《派系鬥爭與權謀政治》，（臺北，時報文化出版公司，一九九五年二月），頁三六四。

㉞《中央日報》（海外版），一九九三年三月一日，第七版。

㉟鄭士鎔，〈細說我所認識的陳儀〉，《傳記文學》，頁二十一。

㊱周一鶚，〈陳儀在臺灣〉，《陳儀生平及被害內幕》，頁一〇九。

㊲侯定遠，〈我所瞭解的陳儀及其被扣見聞片斷〉，《陳儀生平及被害內幕》，頁一四六。

㊳〈白崇禧在事件中的講話和廣播詞〉，收錄於鄧孔昭編，《二二八事件資料集》，（臺北：稻鄉出版社，民國八〇年二月），頁三六六。

㊴財團法人「二二八事件紀念基金會」網頁，〈會務運作〉，《本會簡介》。

㊵《二二八檔案彙編》（十七），頁三〇〇~三〇一。

㊶周一鶚，〈陳儀在臺灣〉，《陳儀生平及被害內幕》，頁一一二。

㊷侯定遠，〈我所瞭解的陳儀及其被扣見聞片斷〉，《陳儀生平及被害內幕》，頁一四九。

㊸毛森，〈往事追憶〉，《傳記文學》第七十七卷第二期，二〇〇〇年八月，頁一二二。

㊹錢履周，〈陳儀任浙江省主席始未〉，《中報》，一九八九年五月六日。

㊺《二二八檔案彙編》（十八）、頁十六~十七。

㊻鄭士鎔，〈細說我所認識的陳儀〉，《傳記文學》，二〇〇六年三月，頁三十四。

⑰毛森，〈陳儀誘降湯恩伯經過〉，《傳記文學》，一九八八年四月，頁十四。
⑱鄭文蔚，〈陳儀之死〉，《陳儀生平及被害內幕》，頁一八四。
⑲錢履周，〈陳儀任浙江省主席始末〉，《中報》，一九八九年五月八日。
⑳陳文瑛，〈衢州相會〉，《陳儀生平及被害內幕》，頁一七六。
⑩《二二八檔案彙編》（十八），頁六十二。
⑩陳文瑛，〈衢州相會〉，《陳儀生平及被害內幕》，頁一七八。
⑩《二二八檔案彙編》（十八），頁五十二。
⑩《二二八檔案彙編》（十八），頁六十五。
⑩鄭文蔚，〈陳儀之死〉，《陳儀生平及被害內幕》，頁一八四～一八五。
⑩《二二八事件檔案彙編》（十八），頁二七三。
⑩《二二八事件檔案彙編》（十八），頁三十八。
⑩同註⑩。
⑩《二二八事件檔案彙編》（十八），頁二八一。
⑩李國祥，〈陳儀之死實況〉，《中國時報》，一九九二年三月三十一日。
⑪鄭士鎔，〈細說我所認識的陳儀〉，《傳記文學》，二〇〇六年三月，頁三十七。
⑪秦孝儀總編纂，《先總統蔣公大事長編初稿》，（臺北：財團法人中正文教基金會，二〇〇二年十月），卷九，頁一七七。
⑪毛森，〈陳儀迫湯投共始末〉，《傳記文學》，一九八八年四月，頁五十二。

細說我所認識的陳儀

鄭士鎔

創刊於一九四六年的行政長官公署宣傳委員會機關刊物《新臺灣畫報》。

陳儀視察《新生報》。中三人右起：陳儀、鄭士鎔及時任《新生報》社長的李萬居。

視察臺糖工廠。陳儀（立鐵軌中央著軍服者）身後為孫運璿，時任省電力公司工程師。

陳儀巡視日月潭，贈禮予原住民首長。

草山座談會與媒體代表合影。右起：周一凱、潘志奇、倪師壇、楊選堂、朱書麟、陳儀、張任飛、白克、汪彝定、曾德培、鄭士鎔。

一九四六年十一月臺灣省第一屆運動大會。陳儀後方著白色西裝者為李友邦，時任三民主義青年團臺灣分團主任。

臺灣省第一屆運動大會，國防軍與全體職員選手合影。

曾任臺灣行政長官公署交通處長及省政府財政廳長的任顯群。

一

一九四二年我在重慶中央大學政治系快要畢業時，肄業昆明西南聯大歷史系的好友丁名楠，就建議我去跟他二舅陳儀（時任國民政府行政院秘書長）服公務。我自知與志趣不合，未作考慮，就率直地辭謝了。

畢業以後，同級學友紛謀出路，我則在做想從事寫作的白日夢，沒有迅謀職業的打算。倒是一向愛護我的法學院師長們替我操心，院長馬洗繁師要引介我去見陳布雷先生，希望我能進侍從室；系主任張匯文師願介我進中央信託局，積點錢去美國深造；並說外交部總務司長李惟果（他留美同學及前中大教授）指名要我和李福祥去外交部服務；我都以不想做公務員而先後婉謝了。教政治思想史的孟雲橋師介紹我去一家出版社當編輯，頗使我為之心動，但因該出版社的國民黨味太濃，盛情也只好心領矣。

這時校園裡突發了一件意外事件：政治系二、三年級同學張貼「大字報」，要求學校當局解聘法學院院長及政治系主任。這是重慶中大從來未有的風波，但大家都瞭解這是一場派系鬥爭。即是南高出身、思想保守而久受壓抑的教授群，依附國民黨教育當權派，對抗北大清華出身、思想自由而主導法學院務的教授群的鬥爭。一年前，北大出身的羅家倫校長被攻下臺，由顧孟餘繼任校長是前奏；一年後，由學生出面來造法學院長、政治系主任的反，是那場鬥爭的餘波。

這原是一場勝負已定的鬥爭，料不到校園裡還住著一批政治系待業的畢業生，見到這樣張貼「大字報」的逐師歪風大起反感，亦張貼「大字報」予以反擊，對片面挨打而無還手之力的馬、張二師作出正義的聲援，並籲請學校當局維護中大優良的學風，懲處逐師的惡行。

因有後盾而有恃無恐的肇事同學，除再貼「大字報」直責畢業同學已無權過問校事外，並口頭警告勿再插手介入學潮，否則將以武力對付，理雖不直而氣甚盛，聲勢洶洶，使畏事的畢業同學由此卻步，只有福祥與我無視威脅，繼續堅持。我並求見校長，力陳逐師之風不可長，否則學風由此敗壞，非但後患無窮，且畢業生亦將同蒙其羞。顧校長見畢業學生猶如此顧惜校譽，乃改其靜觀態度，出面阻止逐師行爲，一場學潮終告平息。

後果則是我和福祥不僅被肇事同學罵爲馬、張二師的「走狗」，即反對陣營的黃師正銘、孟師雲橋對我兩人亦頗不諒解。其時適逢合川國立十三中學校長來校約聘教師，我與福祥爲證明與馬、張二師長毫無利害關係，不顧各方勸阻，一同應聘前往合川中學任教，使若干蓄意誹謗之徒的狡計無以獲逞。

此訊傳到昆明西南聯大，名楠為我大呼不值。更加主張我去見他二舅陳儀，並已代我約定，盼速去重慶上清寺行政院面見。此時適得重慶《大公報》資料室主任布德（謝德耀，紹興中學義弟）來信，說《大公報》不公開地招考助理編輯，他已代我報名，希我如期前往應考，此事甚合我意，我乃函覆名楠，在赴渝考《大公報》時，我應約謁見他的二舅。

如期我向學校請假前往重慶李子壩《大公報》社應考。當時《大公報》於獲得美國密蘇里大學新聞獎之後，聲譽更趨巔峰，同考人數逾百，據布德說，其中有他報資深記者、外國通訊社華籍記者、政要請託人情的應考者，故而錄取機會甚微。好在我不計較得失，匆匆參與筆試（筆試錄取後，還須面試，最後決定錄取與否）。

筆試後翌日，我即赴上清寺行政院晉見陳秘書長，由機要秘書蔣授謙引見。我與名楠雖小學、中學同窗多年，但臨我大學畢業時始知陳儀為其親舅。略知陳是日本士官及陸大出身，曾擔任過軍閥孫傳芳的師長，浙江省省長，北伐時期歸附蔣軍，曾任兵工署長、福建省政府主席等職，想像中他必是個赳赳武夫，一定威嚴而盛氣凌人。

秘書長辦公室在二樓，蔣秘書引我入室。進門我見一位面容和藹的長者從辦公桌後緩緩站了起來，等我行近，微笑著和我握手，並邀我在辦公桌前的椅上就座對談。我第一個感覺是他的手很是柔軟溫暖，握住時有一種說不出來的親和力。這就把我原先的想像完全推翻了。

他說從名楠那兒已略知我的情況，但還是詢問了我的學歷和興趣。我坦誠相告，我念的雖是政治系，卻無意在仕途求發展，興趣是在寫作方面；但爲獲致社會經驗，若能在政府機構做與所學相近的工作，也願盡力而爲，不負職責。這是我接受名楠盛情推介，應邀來見的目的。

我的坦率陳詞原想必遭冷遇，不料卻引起他的一片大道理。他說個人興趣固然重要，但處今國難當頭，年輕人應有更實際的抱負。他希望我辭去教職，能來政院服務，他強調說：「我們這批老年人將來都要消逝，國家屬於你們年輕人的。你要多交結年輕有識的朋友，大家團結努力，好好工作，可對國族做出貢獻。不要認爲公務機關不能做好事業。」又說：「目前社會上一般評論官僚不好，這種制度當然要改。但我認爲老官僚雖然不好，而新官僚更爲可怕，我希望你們年輕人將來千萬不要成爲新官僚。這些話你現在也許不懂，以後在政府機關做事，一定會瞭解我的意思。」

他談話使我領悟到，他不但不是個舊式軍人，而且也不是個老派官僚。他是一個說服力強的可親長者。好像他已把我當成子姪一般看待，毫無保留地接納了我，並對我有超乎我自己從未想過的期待。不必他詢問，我情不自禁地表示了願追隨他服公務的意願。

於是他問我想做什麼工作？我說我不計較工作的性質，只願從基層工作做起，試探自己的能力。他對我的答覆表示滿意，痛快地說隨時可來報到，一切向蔣秘書接洽，他會交代蔣秘書的。

臨別時他問我一個很尖銳的問題：「將來你服公務時會不會貪污？」在抗戰臨時首都的重慶，貪污雖是大眾詬病的重大罪惡之一；但想不到在政院秘書長的口中，會毫不顧忌地問我這個未經世故的年輕人這樣一個問題。

我的腦中電閃地憶及在政治系畢業班的謝師座談會中，系主任張匯文師訓話的結語說：「你們畢業後到社會去做事，成敗得失，各有機遇，不能強求。無論你們以後是成是敗，回到學校見我，我都認爲你們是我最愛的學生，但若你們因爲貪污而失敗，回來見我時，我就不認你是我的學生了。」可見當時對貪污是如何的痛深惡絕。想不到我今天在政府最高行政機關，竟被問到這個問題。

我的答案當然是「不」。

陳秘書長聽了微笑：「那以後你得牢記這個『不』字，還要經過不斷的考驗，不能有任何差池。」又說：「在當世的公務員中，可以自信不會貪污的，恐怕只有我一人，那是因爲我沒有子嗣。如果我有子女的話，我也不能擔保自己絕不會貪污。你今天的答覆，希望你於有了子女以後，還在行政機關服務時，都能信守此一承諾。」

辭別出來，我覺得這不及半小時的談話，使我獲益匪淺。這個曾被我想像爲軍閥型的秘書長，是位可敬的長者，他的理想與務實的言論，好像比學校中的師長們更多令人心折的吸引力。一個向來反權威的傻瓜竟爲之傾心了。如今我已年逾八旬，過去流離顛沛的生涯中不無小大貪墨的機會，但我都能不爲物慾所誘，初會陳秘書長時的最後一問，給了我永經得起考驗的定力。

我既已答應陳秘書長於學期結束後前來政院服務，就不再等候《大公報》是否錄取，即向布德告別，回到合川繼續教書。此行雖對新聞事業無緣，不無遺憾。但因借寓布德宿舍，得識《大公報》編輯賀善徽、高集、朱啓平等人，亦不能說毫無收穫。

但不久接到《大公報》總經理曹谷冰先生來信。說報社此次招考助理編輯，筆試只錄取臺端一人，唯因未經面試，茲以下列問題相詢，希即函覆，俾作最後決定。（一）須以新聞工作爲終身事業，（二）應遵循報社公正立場，（三）起薪九十六元。如均同意，即正式錄用，盼速來報到云。我經考慮後，函覆所詢三項均表同意，唯迅速報到一節，因需遵約至學期結束後始能離職前往，未能遵命。我想報社因不能迅往報到的答覆，會聘用備取人員的。

孰料曹總經理覆信說我已經正式錄用，並允我於學期結束前往就職。這可使我左右爲難了。但念《大公報》先原諒我不參加面試，而以書面答詢代替，繼又原諒我不能前往工作，准我延期報到，可謂厚我甚多，盛情可感。輾轉思維，最後決定函謝谷冰先生外，另函陳秘書長說明報考《大公報》經過，並願從事新聞事業而不能如約前往政院追隨，請他原諒，並感謝他對我教誨與厚愛。

當時交通不便，合川重慶間的書信往返需相當時日，報章傳遞更是遲緩，非四五天不可。有天翻閱遲到的《中央日報》，始知我寫信給陳秘書長的前一天，他已調任黨政考核委員會秘書長，即由權力機關調至冷衙門，等於投閒置散了。際此時刻，我竟去函懇辭已約定的工作，豈非成爲卑劣小人，眞是令我無地自容。即函名楠表白經過，請他代我向他二舅仔細解釋。後得名楠寄來其二舅給他的覆信，內有「鄭君士鎔，洵佳士也，余甚器之」之語，並勉我好好地爲社會服務。這種寬厚慈愛的精神鼓勵，使我從無限羞愧中得以復甦過來。這也是三年後他在臺灣以一紙命令要我赴臺工作，我即懇辭已任要聞編輯，甫入社評委會的《大公報》職務，飛往臺灣追隨的原動力。

二

我於一九四二年十一月進《大公報》，至一九四五年十二月辭《大公報》，這三年間專心工作，從無旁騖。其間，我中大同系高班學長吳錫澤曾推介我去軍政部追隨陳誠部長工作，我以終身從事新聞婉謝。及抗戰勝利，名楠奉其二舅之命要我同去臺灣服務，報社同事李純青亦介我去臺灣協助李萬居接辦省營報紙，也都經我辭謝。

直至《大公報》在天津、上海分別復館，編輯部同仁大部離川返鄉服務，我原被總管理處預定派往上海與徐鑄成、袁光中恢復滬館，後因有人爭取前往，不能成行，我未怨尤。及數月後總編輯王芸生亦將赴滬之前，當眾面告重慶編輯部要我留下負責，即是說我將久駐霧城，難與家人迅謀團聚了，使我大失所望，但亦無可如何。

不意翌日突接臺灣行政長官公署駐渝辦事處主任楊樹森來信，說奉長官諭，令臺端即赴臺北，請寄相片兩張，俾辦購買機票等手續。我因急於返鄉探親，亦想回報三年前長者對我寬厚之情，到嘉陵江畔獨思良久，決定寄去照片兩張，並到芸生先生家中提出辭呈，幾經懇談，始獲允准。遂於十二月中旬搭美國軍機離渝抵滬，返紹興探視闊別八年的父母弟妹，歡聚一週，再自上海飛臺，接任名楠（已出任曾文區長）所遺職位，開始追隨陳儀長官服務公職。

一九四六年一月四日中午，我乘美國軍機飛抵臺北松山機場。當飛機盤旋於臺北上空下降之際，眼見淪陷五十年的美麗寶島業已返回祖國懷抱，不由悲喜交集，熱淚盈眶，私忖有幸獲致此能為公家服務的機會，應較撰文編報具體落實，雖以資淺識短，未能為主管分憂，但願盡我綿薄，期能稍為長者分勞。只是暌違數載，不知陳儀長官是否仍如當年的和藹可親否？

搭航空公司交通車駛抵臺北車站，沿途所見，還是日本異國情調。氣溫高出大陸甚多，穿著冬服汗流浹背。看附近有家日本理髮店，進去整容，順便換季。然後即至附近長官公署報到。

經門房傳達，由朱副官駿年引接至三樓晤見蔣秘書授謙（爲我在臺所遇第一位熟人），隨他進入長官辦公室謁見陳長官。睽違三載，未呈老態，益顯慈祥，殷殷詢問返鄉探親情況，即囑休息數天，再行到公。工作性質，俟正式報到後，由蔣秘書負責協助安排。辭別時，長官並說：「在正式辦公前，你可先到全省各地看看。」我當時毫無行政經驗，心想我在重慶時只領得臺幣二百元，哪來旅費周遊全省，但亦不便多問，只好唯唯而已（以後與蔣秘書稍熟時談及此事，他說當時如跟他說長官有此指示，他可爲我安排，經費怎成問題）。

當天蔣秘書爲我安排的是食宿問題。事務科獲知我是由文化事業轉來，爲我安排住在膳宿全包的現代週刊社宿舍。該社在臺北車站斜對面，係公署在臺創辦的第一個週刊，由參事吳克剛主持。宿舍內同住的除吳社長外，有編譯館長許壽裳，圖書館長范壽康、博物館長陳兼善及作家索非等。他們都是飽學之士，聽我來自《大公報》，對我都很照顧，公餘生活頗不寂寞。吳社長即邀我撰文，我義不容辭，傾力相助。

正式報到之日，由蔣秘書引介至二樓屬秘書長的機要室，會見主任樓文釗。他告訴我該室已有秘書三人，核稿陳紹英，英文鄭南渭，中文葛允怡，參議一人張錫祺。由我接任秘書丁名楠之職，負責長官講話文稿記錄等文字工作，言簡意賅，態度冷漠，官僚氣十足，令人反感。

接著蔣秘書引我去見秘書長葛敬恩，對他我是一無所知，據蔣簡介，說他亦是軍人，是長官好友，年輕時非常嚴厲，人見人怕，如今年長，隨和多了。我想不到來此還要和這些官僚相處，以我的傲氣不知能否容忍，因而感到非常不安。

葛敬恩身材高眺，年事雖長，仍很挺拔。從座椅上站起來握手相迎，並叫我在辦公室桌前椅上坐下對談，情景和當年在重慶見陳秘書長時如出一轍，我不知此是官場上的慣例如此，抑或是他倆的習性相似。

葛秘書長開口就說：「你從《大公報》來，政府機關和報館不一樣，你要從頭學起。」我感到他雖盛氣凌人，但說得率直實在，就眞誠地答道：「今後請你多多指教。」他就像長輩教訓晚輩似地說了些諸如要公正、廉潔等俗套。我原想當年行政院秘書長並不如此對我，心中頗感不服，於是把話題引向軍事方面，侈談因蔣百里近已逝世，當世戰略家當推徐培根了。他聽了只是微笑而未接話題。我私忖可把他比下去了，總算出了一口悶氣。但到以後熟悉他的背景，始知徐培根還是他的下屬，又看到《大公報》總編輯王芸生寫給他的信尾署名稱「晚」，才知他確有資格對我這個初入仕途的後生以教誨的口吻講話。

後據蔣秘書於閒談中告我：葛敬恩也是日本士官與陸大出身，是陳儀的好友。他與蔣介石的義兄黃膺白是姻親，返國後在蔣軍服務，任北伐時期國民革命軍蔣總司令部的參謀次長，主管作戰計畫，被蔣信任的程度甚至超過常在前線的何應欽。他工作異常努力，但性情甚爲高傲。上班早到遲退，下班回家，即充分休息，不再接聽任何電話。陳儀被邀附蔣，還是葛敬恩牽的線。

葛敬恩因在北閥中途三度堅辭參謀次長之職，使蔣不悅。但准辭後仍派他出任杭州筧橋中央航空學校教育長。他就任後革除陋弊，購買軍機不收售方回扣。堅拒不獲，乃將所收回扣列入公帳，作爲校方收入。此舉遭人指控，若在蔣信任有加期間，應無問題，此際被責涉嫌貪墨，立予革職，並由其舊屬徐培根接任。徐在任內又被指控有弊，正調查間，會計處失火，帳冊被焚，徐與受連累的葛敬恩同被拘入江西陸軍監獄受審，其後兩人雖經平反獲釋，但葛敬恩與蔣介石的關係從此無法彌補了。

及至抗戰時期，國民政府遷都重慶，葛在上海閒居。重慶情報有日寇將利用葛敬恩的訊息，蔣即囑陳勸葛離滬赴渝。葛間關抵渝，雖獲蔣召見，但未派任何職務。及至抗戰勝利，臺灣光復，陳儀受命出任行政長官，推舉葛任秘書長，獲蔣批准。接收臺灣時，葛率前進指揮所的人員先行抵臺。

這是蔣秘書說的故事，是否完全正確，我未仔細查證，但因蔣是陳的姻親，自陳任師長時即追隨的永久侍從秘書，所知掌故甚多，可信度應該不低。

三

報到以後，即日起在二樓機要室辦公，主要工作是：（一）列席公署每週政務會議，擔任記錄。（二）撰寫長官講話文稿。（三）閱讀報章摘要呈閱。（四）隨從長官出巡。（五）長官交辦事項。

我和英文秘書鄭南渭一樣，因爲不是核稿秘書，所以不必在「等因奉此」之中過日子。除了交辦的專案須按公文程序呈秘書長核轉外，其餘都是直呈長官核閱，所以關係單純，工作上沒有太大壓力。初時我擔心難和官僚相處的憂慮，獲消解於無形。

長官交辦的第一個專案，不僅出乎我意料，而且大傷腦筋，他命我草擬改善公教待遇的方案，並當面交代說：來臺時所訂的公教待遇，近有調整的必要，務應按照實際情況予以改善，特別須做到公平合理。擬好呈閱再交秘書長核辦。

我研讀原公教待遇辦法，遵長官指示「公平合理」原則，決定凡副首長以上者，只象徵性加薪，科長以下者予大幅度增長。當時高層待遇中曾循日治時代舊制，有所謂「下女津貼」一項，爲數不小，我把它一筆勾銷了。即依當時物價以八口之家爲基準，擬定草案呈閱。

長官閱後交秘書長核辦，秘書長把我叫去對我說：「你的草案不錯，但是天文數字，政府財力怎能負擔。你要瞭解，政府機關好像金字塔，尖端人少，低層人多。調整待遇，高層多加點錢，爲數甚微，底層普遍高漲，那要多少資力啊，所以我說你的方案行不通，你說對不對？」我說：「對，如果政府財政無力負擔，就給秘書長裁奪好了。」秘書長說：「好，我再同長官商量一下。」

長官隨後把草案交給交通處長嚴家淦和貿易局長于百溪二人，要他們提意見。嚴同意我的方案，僅將八口之家的基準改爲六口之家；于則贊同秘書長的裁決，認爲此案絕不可行。

最後，長官與秘書長一同召見財政處長張延哲，問他以六口之家爲基準的方案，財力能否勝任？張處長毫不遲疑地答道：「絕無問題。」於是此案拍定。實施以後，並未影響政府財政。一般反應，至少未聞怨言。不滿意的，只是「下女津貼」被刪除的那些高官而已。

不久，機要室奉長官諭，將我的辦公桌自二樓機要室搬至三樓長官辦公室旁側，與蔣秘書面對面地同室辦公。辦公桌這麼一搬，竟使許多人對我另眼相看，特別是機要室的樓主任完全換了一種態度，客氣得令我難以消受。

其實我的工作沒有絲毫變動，只是辦公比較方便而已。譬如有事要見長官，在二樓時必須經過傳喚或求見的手續，現在隨時可以叩門入見，省事多了。使我特感欣幸的，是能和蔣秘書同室辦公。因他是名楠的至親，也是我在臺灣唯一可以吐露心曲的熟人。他追隨長官多年，見多識廣，尤其熟知長官公私生涯，凡我有所詢問，他無不就其所知，坦誠相告。譬如我因臺灣光復以後兩個多月始抵臺北，對長官抵臺之初的起居生活以及施政作風，都是經由蔣秘書的陳述而略知梗概。

他說長官日籍夫人未來任所，留住上海。長官不住前日本總督的豪華官邸，而以一座普通民宅爲居處，起居飲食由副官照料，以簡便爲原則。午餐即帶便當在辦公室食用，絕非一般封疆大吏所能辦到的。他的清廉有口皆碑，即連他的對手，也都欽佩他的操守。

又說長官抵臺主政頗具民主作風，除禁賭、禁娼、禁舞等政令具強制性外；如立即舉行地方選舉，成立各級議政機構；如廢止民政機關前設置崗警，如對文化事業及新聞事業的尊重，光復後報章雜誌紛陳，言論絕對自由等等，均獲各方的讚譽。

當時我親自感受到的是：（一）長官文字素養之高，出我意想之外，我原以爲他舊學根底很厚，想不到他對白話文的運用亦功力頗深。由他授意的演講稿，他潤飾處之令我心折，絕不遜於王芸生先生審核社論時所展示的魅力。（二）長官性情溫和，待人寬厚，公私場合，我還未見過他疾言厲色的情景。（三）令我印象特深的是，他要部屬遵行的指示，命名「長官通知」，充分展現了他內心含蘊的平等意識。

「長官通知」有時是長官親筆書寫，有時由顧問沈仲九擬稿，經長官審閱及刪改後，批一「發」字，都交我轉給機要室印刷發布。有的專發特定單位，有的分發相關機構。次數雖不多，但內容多是對應興革案切實可行的指示，以助迅速有效的執行，影響可不小。憑我粗略估計，實際上長官親寫的要少於顧問草擬的。

沈顧問仲九，我在重慶洽辦來臺手續時，即從辦事處主任楊樹森的口中聽到他的大名。楊當時問我：「你在臺北有熟人嗎？」我知名楠已調曾文區長，不知授謙已在臺北，遂答：「沒有。」楊不知我與長官淵源，於是好心告我：「你到臺北一定要去看一個人，那就是顧問沈仲九，你認識他以後，就會得到很多照顧。他是長官先室堂弟，素爲長官智囊，是個很有影響力的人。」

到臺北以後，我也風聞沈顧問的威望，知道楊主任所言不虛，但我沒有迎逢權貴的天性，所以始終未作登門拜訪之想。但由於「長官通知」經我轉發的關係，和他有了公務上的接觸，卻始終和他沒有私人的交往。不過由「長官通知」中看到沈顧問對政務的影響力確實不小。如說泰半決策都有他的意見，絕非誇張之詞。

除長官交辦事件外，我另一與其他秘書不同的工作是隨行出訪。長官公務外出時，皆由朱副官與我同車偕行。副官與司機坐前座，我陪長官在後座。長官不時巡視臺北公務機關，連監獄亦在視察之列。所到之處，聽取意見或有所裁示，都須做成記錄，以便追蹤處理。其中任務較爲繁重，而印象亦較深的，當推一九四六年雙十節前巡視西岸各縣市的經過。

當時奉命隨行的尙有警備司令部副官處長王民甯。他較我年長，行政經驗較多，有他同行，應該一切由他安排，我可不必操心。不料離臺北後，沿途交通、食宿、視察、講話等等，凡地方首長有所請示時，長官都說去問鄭秘書，未勞王處長，我只好隨機應變，把責任全都承擔了下來。

最初籌計出巡時，鐵路局原擬爲長官開駛專車，但長官不想影響民間交通，囑按普通列車行止。單是對於沿途列車時間的把握，就使我大傷腦筋；莫說一路行去，請求隨行的地方首長不斷增加，食宿問題均須特別安排，更出我意料地雜務纏身了。而各地講話、座談、視察等程序和記錄，無人爲我代勞，仍須全力貫注，眞是相當艱辛，尙幸一切順利，無何隕越。

此行自臺北至鵝鑾鼻，中經新竹、臺南、高雄各縣（當時臺灣省行政區爲七大縣，另爲東岸的臺東與花蓮），長官聽取報告，解決問題的時間，多於講話的時間。視察的重點，幾乎全在戰後復興的建設方面，特別關注水利、電力。臺灣當時的基礎建設確比祖國大陸若干省分較爲進步，但於二次世界大戰之中，破壞甚巨，亟待復甦。舉例以言，如各大城市遭受美機猛烈轟炸，如全省鐵器悉被日軍羅掘俱空，外傷內損，都極慘重。美麗寶島國仍山明水秀，鳥語花香，實已金玉其外，敗絮其中，縱不能說百廢待舉，就戰後復興重建工作之繁瑣，絕不亞於國內其他光復的省分。

一路行去，我從旁觀察，在長官和藹詢問下，地方公職人員自新竹縣長劉啓光至高雄縣長謝東閔以下，均能暢所欲言，直陳利弊，解絕不少問題，堪稱善盡職守。特別是優秀的技術人員如孫運璿、沈鎮南等對復建工作的卓越績效，使遭戰爭破壞的電廠、糖廠等浴火重生的表現，更是令人讚佩。憶我初抵臺灣時，曾聞一則故事：當日本敗降之際，臺灣鐵路已臨停駛關頭，至交接時日方斷言我方接收之後，火車必將停駛無疑。但我來自祖國的員工憑巧思與毅力，發揮抗戰時期磨礪出來的克難精神，迅速排除萬難，非但使火車未曾一日停擺，且使鐵路交通較前更形暢順。今次沿途親見各企業在破敗中逐步恢復運作的實況，應是我當時在忙碌中最感欣慰的收穫。就我個人而言，此行收穫，是結識「中央社」記者張任飛。他在抗戰時期肄業重慶復旦大學時，曾是《大公報》的校園通訊員，我們並不相識，這次在臺灣相逢於他在臺中上車來作隨行記者時，受我照顧，他曾助我將長官雙十國慶文告電傳臺北，省我不少麻煩，以後成爲莫逆之交（及至臺灣白色恐怖時期，他與前《公論報》記者于衡，分別挺身爲我消解當時財政廳長徐柏園誣我諜嫌之災，友情永難忘懷）。

四

雙十節後返抵臺北，突獲蔣中正主席要來臺北參加臺灣光復周年慶會電訊，長官公署要爲由俞濟時率領的先遣人員一行安排食宿之所，事務科選定當時臺北最佳的旅社「勵志社」，恰剛由公署邀請來訪的「京滬平昆記者參觀團」二十二人入住，乃商請該團移住北投臺糖公司招待所，無冕王們詢悉遷居原因，怎肯買帳，一口拒絕。事務科長無法可想，倒是葛秘書長想起我來，要我以《大公報》舊同業的身分前去情商。我看了這個由中宣部副部長許孝炎所率領的記者團名單，多是當年新聞界重量級人物，如上海《申報》總經理陳訓悆、《新聞報》總經理詹文滸、《中央日報》社長馮有眞、《前線日報》主筆曹聚仁、《東南日報》總編輯杜紹文、《大公報》記者高集、南京《中央日報》副總編輯李荊蓀、北平《華北日報》社長張明瑋、昆明《中央日報》社長錢滄碩等，都非片言所能說動之輩，我允秘書長前往一試，但明言成敗未可預卜。

到了「勵志社」由好友高集爲我引介，與貴賓們略事寒暄，我即向大家情商，說明臺糖招待所環境幽靜、餐食可口，交通備有專車接送，一切均甚方便，爲證所言非虛，我願同去作陪，以便照顧。承他們念我曾是同業的情分，給了我極大的面子，居然毫無爭議地應允了。於是我陪同他們前往，招待所員工見我陪客同來，待客特別周到，客人們對食宿環境頗表滿意，我也鬆了一口大氣。第二天上午，接到葛秘書長電話，說有重要公事待辦，囑請我立即返回臺北。我只好改變原定陪客的計畫，向他們辭別，囑託本應接待他們的宣傳委員會職員，妥善地照顧他們了。

回到臺北，葛秘書長說他接到蔣主席侍從秘書（曹聖芬）的電話，要公署撰送一份蔣主席在光復周年慶會上的講話稿備用，並須立即送去。他已報請長官把這唯一急要任務交給我，並希望我於午前繳卷。

我接到這一出乎意外的交辦差事眞是一頭霧水。回想當年在《大公報》工作時，總編輯王芸生繼張季鸞先生之後，獲邀參與撰寫蔣委員長文告的愼重情形（每稿係由數人分工撰寫，再由陳布雷先生整合潤飾成篇），今次何以如此草率，竟向公署徵文？我既奉命必須立刻交差，只好趕工信手寫作，不去計較好歹如何。

及至蔣主席在慶會上將此稿一字未易地朗聲宣讀，則更大出我意料之外。幕僚人員事前未曾準備文告，已屬不解，而對所徵文稿不加絲毫刪改，更是大違常情。莫非其他要公特忙，無暇涉及瑣務，即令如此，亦未免太大而化之了（多年後我偶見國民黨實踐研究院所印行的小冊子中，竟然錄載此文）。

國家元首蒞臨光復的臺灣寶島是何等大事，但按蔣主席經常出巡的排場，這次行止可說相當低調，並不鋪張。時值大陸內戰方殷，美國特使馬歇爾數上廬山調停難遂之際，主席突來臺灣參與慶典，當時曾有暫避困擾揣測。

在蔣主席的行程中，我有幸參加了在公署內舉行的小型記者會，得近距離地觀賞這位當時最高領袖的風采。回想在杭州高中集訓赴南京接受檢閱時，帶隊教官事前警告我們學生說：「看到蔣委員長時不要昏倒。」可想當年大家對他敬畏的心態。其時曾在隊伍中遠遠看到他騎著白馬前來臨檢的英姿，心情的確相當的激動。

如今我感受到的是，公署內一切如常，並無特別的保安措施。全場陳設簡單，主席座椅擺在正前方，旁爲夫人及陳長官等隨員的席次。對面爲記者及其他有關官員席，並未編號，我和葉明動就散坐在前排。

蔣主席蒞臨時沒有任何儀式，會眾只是起立致敬。由陳長官引導主席及夫人就座。與我想像的不一樣，蔣主席並不威嚴，十分隨和，他緩緩坐下，以右手肘靠著椅子扶手，右手支托著右頰，輕鬆講話，於舒暢中卻顯得有點勞累。這哪像一般官式記者會，有如閒話家常了。除期勉臺灣建設成三民主義模範省外，未作任何決策性的宣示。記者們也很持重，沒就時局提出敏感問題，記者會就迅速結束了。我印象較深的是，蔣夫人的目光如電，明亮極了，蔣主席遠爲不如。

主席伉儷訪臺，當時並未引起各方特別關注。他倆除參與臺省光復周年慶典外，還遊覽了日月潭等名勝地區，很像一次休閒之旅。陳長官與葛秘書長始終陪同，相當忙祿。時值全國政情紛擾之際，凸顯了臺灣乃是唯一安定的省分，也反映了陳長官為臺灣安定而不惜得罪各方的一年政績，獲致當局背書式的肯定。

五

此際我到臺灣擔任公職已近十個月，逐漸脫離摸索磨合的階段。公餘仍與新聞工作結緣，曾應《新生報》社長李萬居之請，助其改善版面，並允撰寫社論，參與社務會議。還應《現代週刊》社長吳克剛之邀，為寫國際時評及連載小說，大陸駐臺各報記者亦常來訪談。特別是寄寓《現代週刊》時期，得領許壽裳、陳兼善、范壽康、魏建功等學術界前輩教益，對他們在臺灣宏揚祖國文化的奉獻，不勝欽敬，亦認知長官延攬來臺服公成員素質非比尋常。後來公署為各人安排住所，分道揚鑣。我獲分配遷居大正町四條通一所日人遺留的民宅，事務科知我單身，派藍姓年輕臺籍譯員一家三口和我合住，託他們順便照顧我的起居飲食。生活雖較安適，但不能常聽前輩們說古道今，甚感惋惜。

公務方面，蔣秘書和我很自然地分工，大致是他務內，我涉外。譬如長官的公私函電全由他負責處理，他長居長官寓所。長官的文告講辭則由我一力承擔，我始終未入官邸一步。

十個多月相處，我與長官的關係相當融洽。我也明白因我是他愛甥名楠的至友而愛屋及烏，對我諸多寬容，特別厚待，甚至我自恃並非求官而來，經常不知輕重地率直建言，他亦不以爲忤。

長官交辦事件中，自忖尚感不負所望的，是召開一次青年座談會。在當時就我所知的青年才俊中提名而經長官核定，參加草山第一賓館座談會的成員爲：「中央社」分社長葉明勳（因事派記者張任飛出席），臺灣師範學院講師周一凱，臺灣銀行研究員潘志奇，善後救濟公署視察汪彝定，公署編譯室主任楊選堂，省電影製片廠廠長白克，省電力公司科長朱書麟，省教育處科長曾德培，省《新生報》總主筆倪師壇。在座談會中各抒所見，分提建言，俱獲長官嘉許，並加期勉。會後長官對我指示，今後應多舉辦此類座談，足見他對青年意見的重視，並對座談的滿意。惜隨後臺局生變，未能續辦（與會者除白克、倪師壇及周一凱三人，後來在兩岸政治漩渦中各有不幸遭遇外，其他俱在各自專業上有卓越成就，悉成臺灣政經文教各界風雲人物）。

我對長官最初的認識是，他是國民黨要員，但有別於一般的官僚。經過這十個多月的相處與所見所聞的資訊，發覺他是國民黨官僚中的開明分子。最先引發我此種感觸的是讀到一篇有關「遷村」政策的文章，敘述長官主閩時期爲重建貧困農村，經政府備妥基地基金，拆除窮村舊農舍，利用拆下舊器材，以及政府補貼的新建材，造成新住宅，由舊村民入住而成新農村。文章還說，此一遷村政策將在全省分批實施。我不知後續發展如何，但這一空前的「遷村」構想，反映長官對農民問題重視的開明思想與行動，絕非一般保守的國民黨官僚所能企及。

再從蔣秘書和我講述長官主閩時的一些小故事中，更旁證了我的看法。譬如他說，長官曾購其好友左傾作家周樹人所著的《魯迅全集》多部，分贈省圖書館和學校，使能廣為傳閱，卻被畏事的獲贈機構悉數束之高閣，一時傳為笑談。又說，長官曾聘任進步的文化人郁達夫及黎烈文為閩省府公報室主任及改進出版社社長。對郁達夫非但禮遇有加，聞悉郁與王映霞婚變後，其幼子郁飛無人照顧，他還囑託繼女陳文瑛代為撫育成人。黎烈文主持出版《改進》等雜誌外，還銷售當時被禁忌的《資本論》、《大眾哲學》等書籍。像這些被國民黨視為離經叛道的行徑，他竟坦蕩蕩地公然為之，被我視之為國民黨官僚中的開明分子，應不為過。

在我勉力調適工作的時期，接觸到的多是正面的人與事。戰後重建雖困難重重，我看到各方克難奮鬥的情形，懷持樂觀的心情。但聽到的負面消息亦是不少。其中最令人憂心的，莫過於軍紀敗壞，引起民怨的事件不斷發生。據說光復時派駐國軍登陸之際，曾受民眾熱烈歡迎，然由於配備落後，不如戰敗的日軍，已令民眾失望。又因士兵素質太差，經常欺壓平民，更使民眾怨恨。雖經憲警奉令嚴禁並予懲處，但是罰不勝罰，迄難遏止，猶如毒瘤之難以根治。嗣因大陸內戰需兵，各省擁兵自重，不受調遣；蔣主席商調臺省駐軍，陳長官立允駐軍內調，除此擾民禍害，還獲蔣主席的嘉許。我卻從這一負面消息中，首次體認到，陳長官表面上雖集臺省軍政大權於一身，但在國民黨的整個體制內是很難貫徹其開明分子的理念的。

另一引起我關注的是長官公署的局部改組。由於財政處長張延哲與中央財政部長宋子文無甚淵源，若干問題不易協調，影響經建工作難以通順，乃調派交通處長嚴家淦改任財政處長，張延哲調任由秘書長兼任的秘書處長。另由經陳誠推介的任顯群接任交通處長。

就我所知，張延哲是個好好先生，辦事循規蹈矩，處人相當隨和，雖無出色表現，卻也適任適所，此次調動，出人意表。事後據民政處長周一鶚透露，係因財政部主管屬意嚴家淦所致，或非空穴來風。

嚴家淦是長官主閩時的舊屬，乃徐學禹提攜的大將，一直主持財經的要角。何以來臺不主財經而長交通，我不知內情，但我知他在交通處長任內並未認眞辦事，好像仍在中央兼差，常去南京工作。然他仍爲長官最器重的主管。有一次葛秘書長去京公幹，長官即派嚴家淦代理秘書長的職務，未派位列交通處長以前的其他處長，即可想見其餘。

新任交通處長任顯群，原是陳誠屬下運輸界的幹員，年輕而充滿活力，給公署添不少生氣。他到任不過數天，在交通處服務的葛秘書長之子就興奮地對我說，商議好久而未打撈的基隆港口那艘日本沉輪，任處長已把它撈起來了。我聽了也精神爲之一振。心想事在人爲，任顯群比嚴家淦辦事積極多了，眞爲交通處深慶得人（沒想到後來他會成我好友，且是陳長官部屬中獨一無二的「死忠」之士）。

隔不多久，任顯群有一天和我說，他晤見來臺訪問的中統首長徐恩曾，向他警告：「他們要整你們，你們得當心。」任顯群雖未說「他們」是誰，但我知他一定理解是指省黨部。省黨部主任委員李翼中和委員林紫貴，不滿陳長官放寬政治尺度，不許濫捕的開明作風，乃是眾所咸知的事實。至於「他們」要如何「整」，徐恩曾未曾透露，我們也難揣測，只好靜觀其變，隨機肆應了。直至「二二八」不幸的兄弟鬩牆悲劇爆發，陳長官請李主委發表廣播演說安撫民眾之時，李主委直斥政治腐敗爲變亂發生之因，公然火上加油，始露「整」的端倪。接著他並支持蔣渭川在「二二八事件處理委員會」中興風作浪，充分暴露「整」的行動了。

六

「二二八」當日清晨，天氣晴朗，我如常搭乘人事處長張國鍵的座車，同往公署辦公，上車後，臺籍司機告訴我們，晚夜專賣局緝私煙發生命案，引起群眾騷動，迄今未已，情勢緊張，要我們小心，他語焉不詳，我也不甚在意。到了公署，一切平靜，我就直上三樓，進辦公室甫行坐定，接到沈仲九顧問電話，說昨夜騷亂擴大，業已變成毀物傷人的暴動，要我報告長官，速予制止，我才知道事態嚴重。

我進長官辦公室報告，見長官不如往日那樣端坐辦公，卻在室內緩步低頭沉思。聽我報告後，他說知道憲警無法維持秩序，已命柯遠芬參謀長宣布戒嚴，臺灣民眾素來守法，聞戒嚴令當能恢復秩序，即可依法處理命案，叫我告訴沈顧問放心。

長官一向提早上班，諒獲警備總部詳細報告，故已採取緊急措施。我即轉告沈顧問，並心想在長官親自督責處理下，只要秩序恢復，命案定可獲得合情合理合法的解決。

誰知柯參謀長遲未宣布戒嚴，以致暴亂愈演愈烈。接著傳來的消息，群眾不但衝入專賣分局，燒毀公物，毆斃職員，並且搗毀警察派出所，繼而還佔領廣播電臺，鼓動罷市罷工，號召全省響應參加。

午後獲報群眾將來長官公署請願，長官即命我準備在陽臺向請願民眾發表講話的工作，我一面通知廣播電臺臺長林忠循例來裝播音設備，一面物色口譯臺語的譯員以利溝通。一切就緒，靜候請願民眾前來，我認為這是長官撫慰民眾的最佳時機。

長官主臺的民主作風，不但對新聞言論自由毫無限制，且對集合遊行示威亦完全開放。前此由臺大、師院等千餘學生爲響應北大學生沈崇受辱事件而舉行的反美示威，及市民爲旅日華僑爭取權利的反日遊行，都在不受干擾下有秩序地進行，並無意外事件發生。我想這次群眾既稱請願，應該更爲理性，可期將有良好結果。

不料請願群眾來臨之際，我聽到的不是一般的高呼口號，卻是一片敲鑼打鼓以及叫囂喧譁之聲，完全是殺奔前來的陣勢，毫無請願訴求的跡象。逼近公署廣場時，突有片刻寧靜，當長官方欲步向陽臺之際，忽聞兩聲槍響，立刻秩序大亂。公署一樓的職員爭向上逃避，我則跑下樓去看個究竟。經過二樓時，站在走廊上的葛秘書長問我：「誰開的槍？」我說：「不知，我下樓去查看一下。」

我從向上逃避的人群中擠著走到公署大門，只見廣場上一片凌亂，都是被棄的三輪車、木屐、鑼鼓等物，除崗位上的幾名衛兵外，衛隊長一人面色蒼白地獨自在低頭徘徊。我趨前問他槍擊經過。他說：「當請願民眾洶湧來臨之際，一衛兵上前說明長官即將出來接見講話，請大家稍安毋躁。叫囂之聲方停，突有一壯漢從人群中躍出，搶奪衛兵手上步槍，兩人爭持不下。我上前勸解，那人忽棄步槍，轉手奪去我腰際的手槍。我怎容武器被奪，掏出胸前備用的另一手槍，向那人足部開槍示警，那人反手還擊。這兩聲槍響，引發了人群中持槍者與其他衛兵的短暫交鋒，致有五人傷亡，群眾中有六人被捕，其餘均棄物散去。因長官嚴令軍警不准開槍，我卻被迫情急違命動武，勢將遭受懲處，故而惶恐不安。」

長官主臺之初，即廢除行政機關設置崗警守衛的陋習，使人民可以自由出入，公署向無軍警守衛。此次因肇事群眾已有襲擊公務機關及毀物傷人的過激行動，警總為安全起見，乃派一隊衛兵駐守，以防不測。我不知衛隊是否配置機槍，但我在當時未聞機關槍聲。果如外間所傳，衛兵在公署頂層架機關槍向密集的請願人群濫施掃射，傷亡者何止五人。

當天臺籍國大代表謝娥女士發表廣播演說，呼籲群眾勿打外省人時曾說：「未聞機關槍聲。」隔日其住宅及經營的醫院俱遭群眾搗毀，她適因事外出而倖免身受傷害。自此無人再敢質疑公署衛兵以機槍掃射請願民眾之說，中外輿論遂據以作為政府殘民的佐證了。

請願群眾於撤離公署廣場以後，即在全市街頭打殺外省居民，凡穿中裝而不諳臺語及日語者，不分男女老幼，俱遭兇毆或殺害。據當天目擊者告我，情緒激動的民眾所持兇器，除日本武士刀及鐵棍外，還有土製的四圍布滿鐵釘尖端的木棍。口稱請願而身懷此等兇器，足見是有備而來，並非臨時起意的突發行動。

臺北市的街上此時無異是外省居民的人間地獄。柯參謀長此時才宣布戒嚴並出動士兵乘車巡邏市區，多遭群眾攔車搶奪武器，不斷引發衝突，造成若干傷亡，非但無濟於恢復秩序，益增情勢險惡。柯參謀長何以遲未宣布戒嚴，以致失去制暴先機，迄今無人知曉。可能是他和警務處長胡福相之間的矛盾使然，要至警方束手無策之後，他才出面收拾殘局以顯其能。但到暴亂擴大以後，他亦因兵力單薄而回天乏術矣（我知柯遠芬擬掌握警權，曾向長官推薦警備總部處長出主警政，但長官認爲警政應由專業人員主持，未允所請，而柯、胡二人則從此失和）。

戒嚴令已難遏制暴亂擴大，爲維持政府運作，防免失去聯繫，長官命令公署主管，包括沈仲九顧問在內，留宿辦公處所。除財政處長嚴家淦出差臺中外，俱皆遵命行事。自此沈顧問即在公署內陪同長官處理公務。蔣秘書與我奉命接聽各方傳來的訊息。

當晚我倆辦公室的電話幾乎未停，多是外省居民不幸挨打遭殺的悲慘消息，其中最突出的是新竹縣長朱文伯北來公幹，入市即被激動民眾從座車中喊出，遭毒打而下落不明，恐怕業已遇害。當我把此訊向長官報告時，看到他和沈顧問相對凄然無語的神情，迄今仍難忘懷（朱文伯幸遇良善的臺籍居民救護，得以保全性命）。深夜的電話則多是求援呼救之聲。令我最感覺驚詫的是我杭高學長在市警局擔任督察長的王思平，也來電話要求派兵保護。我問他：「你們是保護人民的警察局，怎麼也要人保護？你們的警察到哪裡去了？」他答道：「老兄，你知不知道，警員多是臺籍青年，聽了電臺廣播都帶著武器參加暴動去了！」

我在下午聽到省參議員王添灯在已被群眾佔領的廣播電臺上發表演說，號召民眾參與，並高呼「革命先烈的鮮血不會白流」時，就感到事情已難善罷干休，但想不到煽動的效果竟是如此的嚴重。

接連三天，蔣秘書和我晚間都只假寐，未能入睡，他因年事較長，而累出病來，外來音訊，由我一人應付。日常秘書工作悉由沈顧問代勞。我因前此隨長官出巡各縣市時與地方首長相識，變亂中多與我互通消息，故仍相當忙碌。

受臺北電臺廣播號召參與的鼓動，其他縣市先後響應，迅即展開激烈行動。綜合我得到的資訊，如毆打殺害外省居民，成立各地處理委員會等，大致與臺北如出一轍，略有輕重而已，但若干地方攻佔政府機關，拘禁公務人員等方面，激烈程度超越臺北甚多。在我印象中，除了高雄要塞司令部被要求繳械未遂，嘉義機場守軍未被攻入外，其餘地區全都失控，政府機構悉被接管了。

臺北的情況我比較瞭解，雖然我也覺得政府機關除了長官公署及警備總部尚在運作，其他機構亦多已被迫停擺。但我知道長官與民間的溝通並未阻隔。如三月一日，長官就接見了各級民意代表黃朝琴、周延壽、王添灯、林忠等，應他們的要求，准許即日解除戒嚴，釋放參加運動被捕市民，並對命案立採懲兇、撫傷、卹死等措施。並派周一鶚、胡福相、趙連芳、包可永、任顯群等五處長，參加參議員們籌組的「二二八事件處理委員會」共商善後措施，二日又接見政治建設委員會代表蔣渭川等人，並亦應其請求准許該會及商會、工會、學生及民眾代表，可以加入處委會以擴大民意基礎。凡此俱是長官的民主作風，在合法範圍之內，順應民情的和解之道。並且一一具體實施，全都向眾廣播，並非徒託空言。如果處理委員會共商善後措施，理性處事，約束暴力適可而止，定能使命案迅獲公平解決，化險為夷。

奈何處理委員會內分子複雜，各有圖謀，成立以後，立即排除官方代表，不斷提出命案以外的政治改革要求。長官始終以力謀和解的誠懇作為應對，最後並公開宣告，決定循民意報請中央政府准將長官公署改組為省政府，且提前實施縣市長民選，並立即著手進行普選工作。如此順應民情的決策，可謂已符處理委員會的要求，倘獲配合，危機立解。奈何處委會中若干野心分子別有用心，得寸進尺，乘各地區已控制全局之機，接著提出包括解除政府武裝，不准派兵駐臺，撤銷警備總部，並由處委會政務局負責改組長官公署為省政府等條款的所謂「四十二條處理原則」，要求長官全盤接受。此等違法要求，終遭長官斷然拒絕。朝野溝通至此始告破裂。野心分子藉此公然揚言，決定進行武裝鬥爭，臺北街頭即將發生巷戰云。三月八日，全市立即陷入極度恐慌的氣氛之中。

當天傍晚時分，宣傳委員會主委夏濤聲抱著鋪蓋，從他辦公處所搬到公署三樓會議室（蔣秘書和我等留宿之所）。並對我們說，今晚將有大暴動了。他是消息靈通人士，但我仍半信半疑。但想公署只有一小隊衛兵駐守，並非安全之地，他竟來此投宿，足見外面的風聲鶴唳了。

晚十時許，果聞槍聲四起，長官公署及隔鄰的警務處亦為受攻之處，衛兵及警察協力反擊，未能預卜勝負，只好屏息以待。槍戰中公署突然停電，一片黑暗，更感兇險，幸事務科備有少數蠟燭，在各樓走廊上點燃照明，查悉署內並無其他破壞跡象，人心稍安。旋經電器工友將被子彈擊斷的電線修復，公署重放光明，當黑暗中我在抽煙解悶之際，濤聲向我要煙，我把煙頭交他點燃，黑暗中只見火頭亂顫，可知其心情的緊張為何如。

經軍警合力還擊，激烈分子久攻難克，轉向圓山方面呼嘯而去。但四處不斷的槍聲依然清晰可聞，徹夜未絕。

我去洗手間時，遇見交通處長任顯群，他說中央已派軍隊前來支援，憲兵兩營業在基隆順利登陸。閩臺監察使楊亮功隨憲兵同艦來臺視察，正搭憲兵車隊前來臺北市。這是我第一次聽到中央派兵來臺的消息。

七

後續的消息是，護送楊亮功來臺的憲兵車隊，沿途遭逢山上亂槍襲擊，交火中楊的隨員受傷。由此亦可想見激烈分子消息之靈通，及部署之迅速。

九日清晨，在基隆登陸的國軍整編二十一師開到臺北市，現代化的裝備與受過良好的訓練的大兵，非光復之初派駐臺灣早經調回大陸的落後軍隊可比，讓人耳目一新。當其在臺北市區逐步恢復秩序之際，雖然仍遭暗槍的零星攻擊，但均能迅予制服，很快控制全局。而在中山堂向來極囂張的處委會成員，立即煙消雲散，再難興風作浪了。

接著二十一師部隊向各縣市進駐，除臺中由謝雪紅領導的「二七部隊」與國軍交鋒，敗退逃入深山外，全都恢復秩序。變亂雖在大軍到後立告平復，然隨之而來的後遺症，卻令人深感憂懼。

在事變的過程中，我冷靜觀察，發覺長官敵手出乎意外的多。各地處委會中不同背景的激烈分子固無論矣，被拒來臺的金融界及新聞業更不必說，與國民黨內戰的共產黨在兩岸攪局無可諱言，居心叵測的留用日人之挑撥與態度曖昧的美國朝野之離間亦很難掩飾。但殺傷力最強的則是國民黨內各特務機構對長官開明作風的反擊。於是事變一起，長官即成爲眾矢之的，不只四面楚歌，簡直八方受敵。其中我較瞭解內情的是長官主臺後放寬政治尺度，不准治安機關濫捕濫殺的決策，最受特務機構的不滿與敵視。

事變一起，特務機構乘勢展開反陳活動，如國民黨部主委李翼中，於長官請其發表廣播演說安撫民眾時，他卻反其道而行，只斥政治腐敗，無異火上加油，即是顯例。他還與蔣渭川沆瀣一氣，在處委會中暗施拳腳，利用青年學生成爲反陳主力之一。我對蔣渭川原無所識，但事變中見他常佩手槍帶著部屬晉謁長官，不知這位帶槍的好漢是何等人物，查詢才知他是臺灣反日志士蔣渭水之弟，如今乃是李翼中主委的好友。

原先在長官順應民情，力謀和解的處置下，數度呈現可息事寧人的樂觀氣氛，只惜野心分子的脫軌行爲太離譜，招致大軍壓境，更使特務機構有了濫捕濫殺的藉口，瞞著長官先斬後奏地造成不少冤案，致民間永有難忘的傷痛，這對國族的傷害實在太大了。

在此期間，我就親歷下列兩事。

一是《新聞報》特派記者謝爽秋的被捕，謝是臺灣人，光復時曾以《掃蕩報》記者身分與葉明動、李純青等同來臺灣採訪新聞。這次他又以《新聞報》駐東京特派員的身分前來採訪。抵臺時曾到公署看我，我即約他次日中午餐敘，翌日我打電話到勵志社旅館邀他，旅館女侍告我：「謝先生被捕了。」我大吃一驚，因爲我以前在省黨部所列的黑名單中，見有謝爽秋及丁夕治的名字，他倆都是新聞記者，所以印象特深。此時謝竟被捕，一經張揚，在輿論界會造成何等影響，不問可知，我非向長官報告不可。

我率直地對長官說：「謝爽秋來臺北採訪被捕了，您知不知道？」長官說：「不知道。你去向林秀欒查問一下，如已被捕，立刻把他保釋出來。」我即去見警總林處長，轉述長官之意，就把謝爽秋保釋出來。隔日仍請他吃飯壓驚，問他被捕時有否吃苦，他說沒有，只是被捕時經蒙上眼睛，車子開了好久才到達被囚地點，偵訊前就被你保釋出來了。謝爽秋隨後在臺灣與其他駐臺記者一道，自由採訪新聞，未受任何騷擾，平安返回上海。

二是上海《大公報》駐臺辦事處被封。大軍開到以後不久，《大公報》辦事處主任何添福與《新聞報》註臺記者王康聯袂來訪，告訴我說「警總要封《大公報》辦事處了。」我聽了不禁笑了回答：「要封《大公報》，到上海去封，封臺灣辦事處，有什麼意思，你們莫開玩笑了。」他們也是如此想，不多說什麼就回去了。隔了不久，他倆又來了，說：「辦事處被封了。」我眞又被嚇壞了。忙對未曾到過上海報館，只在臺北辦事處主持營業的臺籍何主任說，「你別把這個消息告訴上海報館，讓我查問個究竟，再告訴你怎樣處理，好不好？」他說：「好。」兩人又回去了。我只好又向長官報告，並問他知不知情，他答：「不知。」不待我多說，他即交代我：「你去向柯參謀長查問，如果已查封，就請他立即啓封。」我依命行事，柯參謀長亦未多言，應允照辦。我向何添福電話通知時，他已跑到基隆去打電報告訴上海館，辦事處被封了。等他回臺北看到封條已被拆除，深悔打了那通電報，但傷害已經造成。原對長官相當友善的《大公報》，自然也開始大張撻伐了。

這類長官並不知情，從而無法制止的案件，外界怎能瞭解，這種帳又都算在長官身上。民政處長周一鶚曾向我透露，長官對於特務機構瞞著他濫捕濫殺，事後還要求補辦手續，像林茂生、宋斐如、陳炘等案，都非常悲痛，直斥特務人員「無法無天」。其奈傷害都難補救，他又被推向廣受責難的另一高峰。

隨後我發現長官所有的敵對勢力，齊向蔣主席發出同樣的要求：一是撤職查辦陳儀；二是不要派兵赴臺鎭壓。但是蔣主席未予理會，非但未對陳儀撤職查辦，還下令派兵赴臺平亂。至四月二十二日，於行政院決議長官公署改爲省政府，由魏道明出任省主席，蔣並立派陳儀為國府顧問，定使反陳的派系大失所望。

當行政院發表臺灣省政府人事名單時，李翼中獲悉被任社會處處長後，聞曾與其部屬林紫貴等彈冠相慶，歡呼（對陳儀的）「革命成功了」。他的好友蔣渭川雖被警總列為通緝犯，卻獲其支援得以逃亡。不像王添灯之被捕而遭處決。蔣渭川日後還在臺灣與蔣經國連宗，出任國民黨政府高職，比李翼中更享盡榮華。

「二二八」事件於大軍抵臺，經楊亮功監察使的調查與國防部長白崇禧的宣慰，至公署改制，陳儀下臺，終告結束。據日後公開的資料顯示，楊亮功與白崇禧向蔣主席的報告中，對柯遠芬的不法行為都有譴責，對陳儀的應變措施咸無惡評，且蔣主席曾表示因他當年下令駐臺軍隊內調，致使防務空虛，事變起便無法控制，他自己亦應負部分責任。凡此或均是陳儀去職後即能調任國府顧問的基本原因。

回顧往事，對二二八悲劇發生的因由，歷來分析頗多，各具相當道理。但我認為最根本的因素乃是中國的慘勝所致。如果當時戰勝國的中國國富民強，臺灣光復後能在經濟方面支援臺灣重建復興，絕不會使民眾失望，定可永享安和之樂。其奈抗日戰爭勝利後的中國非但無力援臺，反而多所需索。開明分子的陳儀在國民黨體制之內，雖曾竭力保護臺灣，卻常事與願違。最具諷刺性的是一生清廉著名，向極痛懲貪污的陳儀，竟被輿論責為縱容貪墨的惡吏，足證其力不從心，無可奈何的難處。其失敗是理所當然，無可怨尤。然以陳儀的愛臺護臺之心，及其自由民主的治臺政策，尚難免此厄運，易人而處，恐亦無法閃避。最使人痛惜者，是陳儀去職以後，繼任者在大軍支援之下，改弦易轍，強勢統治，接著降臨的所謂「白色恐怖」，恐非「二二八」悲劇中的激烈分子們所能預想得到的罷！

八

省政改制，陳儀去職，不在我意料之外。我想長官從此可以擺脫困擾，休養身心，未始不是一件好事。這段時期，他確實太勞累了。我也可以離開醜惡的政治，重返寫作的天地。雖對困難時期未能爲長官稍分憂勞，至感歉疚，但亦無可奈何，只好永遠負疚了。

不料長官於離臺之前，命我通知名楠辭職前來臺北，與我兩人同機隨長官飛返南京，以後將同到上海寓所長官住所，並說已囑蔣秘書爲我倆安排一切，可與洽商。長官如此厚愛，我未啓齒言謝，只能心存感激，應命行事。與蔣秘書洽商時，他只託我辦一件事，即將長官當月薪資由我帶去，至滬面交長官夫人。

五月十一日，長官離臺時，其他隨扈人員俱各先後返滬，同機隨行者僅名楠與我二人。飛抵南京，湯恩伯與任顯群前來接機。湯恩伯接長官至他南京寓所，任顯群送我和名楠投宿臺灣銀行駐京辦事處客房。途中任顯群說：「長官眞了不起，連湯總司令都親自開啓車門扶他上車呢！」那時，任顯群還不知陳湯兩人間情誼。

在南京的幾天，長官的公私活動俱由湯恩伯親自照顧，我獲難得的清閒。任顯群已移居南京，他說應盡地主之誼，便接待我和名楠遊覽南京的名勝古蹟，展示了他博聞強記的才能。並邀我到他新居小坐，看他從宜興老家搬來的紅木紫檀家具，證見其家道的殷實。在臺灣時，較晚參加公署團隊的任顯群卻與我特別投緣，我欣賞他有別於一般官員的率直坦誠的個性，及其苦幹實幹的精神。當時長官嚴禁公務人員跳舞，但我親自看到任顯群向長官陳情，說他喜歡跳舞，他可遵命不上舞廳跳舞，但想有時在家中邀集親友開個小型舞會，希望長官允准，不加懲處。長官微笑頷首，予以特許。但他過分的率直也使我十分尷尬。他知我尙是獨身，說有意爲我介紹女友。這是友朋們常向我戲笑的話題，我亦不甚在意。一天，他與其夫人章筠倩在官邸設宴請客，我亦是被邀之一，席間他與其他賓客眞爲我介紹一位女士，我因事前毫不知情，眞被弄得手足無措，不知如何是好，只能虛與委蛇，未終席即以有事先行辭去。此事自無後續發展，有負顯群美意。但他爲我妥善圓場，而且對我並無芥蒂。今次在京重逢，兩人俱在失業時期，復蒙他盛情款待，友情自更深一層。

長官在京公畢，即率名楠與我返滬，寄寓湯恩伯在多倫路志安坊的公館。但因名楠與其日籍舅母向來疏遠，與表姊陳文瑛較為親近，臨時決定改住其表姊夫項經方的家中去了，之後他即赴北京進清華大學續攻史學碩士學位，只剩下我一人和其他隨扈人員（副官王贊周、電訊主任呂臨昌、秘書張致藩等）住在志安坊。

我在臺灣從未踏入長官官邸一步，與陳夫人並不熟識。與夫人較親近的晤面，還是這次抵滬後即赴長官七妹夫袁守謙的家中，送交蔣秘書託交的長官薪資之時。袁夫人陳賓芬等人見我一到，齊向陳夫人開玩笑似地歡呼：「財神爺到了！」夫人喜悅之情亦溢於言表，足見其手頭拮据，盼薪資直如望雲霓焉。她還向我致謝，十分平易近人。她返家後知名楠改居文瑛家，就命我今後須陪同她和長官進餐，無異代替了名楠的地位。她自始即直呼我名，不以職稱喊我，視我直如子姪。我初以為日籍夫人習性不同，恐難相處，頗感惶恐。不久即知她除華語仍難純正外，其餘完全漢化了，而其勤儉持家，寬厚待人的長處，遠非當時一般貴婦所能企及，我在寄居志安坊期間，一直受到夫人的愛護和照顧，感銘心版，永難忘懷。

在長官改任國府顧問及隨後獲派出主浙江省政期間，我始終住在志安坊，即於奉命去協助任顯群到上海民食調配委員會工作期間，亦復如此。可說是我追隨以來最為親近的階段。對其家居生活及愛國思想，都有前所未有的體認和理解。

國府顧問的待遇究為如何，我不知情，但看仍有隨扈人員及汽車可以使喚，蔣主席對這位清官的照顧可謂相當在意，使我對長官生活費用的憂慮得以消解。

自臺返滬以後，陳顧問除了因治糖尿宿病短暫住院療治外，平日深居簡出，極少酬酢，閒來細讀書報，關心國事世局，曾囑我推介新聞界開明人士到寓傾談時事。我當時選了《觀察》雜誌的儲安平，和《大公報》的蕭乾兩人。

儲安平於抗戰時期在漢口主編《中央日報》副刊時，我是投稿人之一，曾經通過音問，未見過面。後來他因婚變離開《中央日報》，創辦《觀察》雜誌，風行一時，極受社會重視。抗戰勝利後其總社遷設上海北四川路，就在附近。一天早晨我前去造訪，候他晨跑回來，先行自我介紹，再表陳顧問邀請晤談之意。他對我這個當年流亡學生的投稿人，尚留有經常追蹤寄致稿費的深刻印象，但仍率直地對我說：「我不知道你現在是否是特務，但公洽先生邀我談話，我欣表同意。」從此可知他已久受特務關注的情形。

蕭乾是早著文名的《大公報》同事，當時他在上海《大公報》寫一專欄，亦轟動一時。《大公報》的王芸生，早在重慶就是由陳儀爲主委的「臺灣調查委員會」的委員，費彝民及李純青是陳儀接收臺灣時的隨從新聞人員，都是熟人。蕭乾因素駐倫敦，向未謀面。我去約蕭乾時，他尚與其美籍夫人寄住在其夫人的友人英國醫生的豪華住宅之中（不久婚變）。他亦欣然應邀。

他倆分別前來與陳長談，會後我也各別詢問印象如何？儲安平慨然地作總結地對我說了一句令我十分震撼的評語：「公洽先生是時代悲劇的主角！」（想不到以後儲安平在北京主持《光明日報》期間被劃爲右派分子而不知所終，他自己亦成了「時代悲劇的主角」！）

與此相反，蕭乾對我的詢問卻和我打哈哈，只是一味讚揚：「呵，老前輩，老前輩，佩服，佩服！」不作絲毫評述，就揚長而去。眞是個大滑頭。難怪以後未遇重大挫折，一帆風順地永享盛名。

九

在家居生活中，我發覺陳顧問的爲人非常隨和，但不知爲什麼女性對他都很親切，男性對他無不敬畏，即其親屬中亦復如是。就我所見，如他五弟公亮、七妹夫守謙是他同輩中較有成就的人物，對他都畢恭畢敬；其他子姪輩，除他愛甥丁名楠是讀書種子外，多是紈褲子弟，見他無不畏若神明。而所有女眷，包括其過房愛女文瑛在內，相處時均可隨意嬉笑，他總歡顏相對，從無不悅之色。就其屬員而言，連生性豪邁的任顯群，有次與陳長官和我三人餐聚時，也是正襟危坐，不苟言笑，其他拘謹的屬員更不必說。包括眾所周知的陳的兩位最信愛的舊屬湯恩伯和徐學禹在內，一樣的對他仍是唯命是從。

記得一天共進午餐時，陳夫人提起：「冰箱好像有點毛病了。」陳顧問即說：「叫學禹來看一看罷。」其時徐學禹正任招商局總經理，在上海灘也是可以呼風喚雨的人物，當天接到通知眞的親自來看冰箱了，當然博得兩老的歡心。

但是我對徐學禹的印象卻並不好，一因側聞他在紹興故鄉大修祖墳，豪華直類陵寢，頗受鄉人批評，我也覺得此人思想太落後了。二因曾在陳顧問的病房內，親見他在亦往探視的秘書、副官等面前，爭著與勤務兵爲將下床午餐的陳顧問向床下取鞋並爲納履的鏡頭，使我覺得此人的行爲太矯情了。這樣的品格，似比湯恩伯在南京接機時，不假隨行副官之手，親自替長官開車門的行徑還要不如。

湯恩伯與陳顧問的情誼自較徐學禹爲深厚，湯對陳的孝敬遠非徐所企及，陳對湯的信愛亦遠超對徐之上。但因我對湯的資訊較多，對其操守更爲不滿。一度我曾率直地問陳顧問：「您服官多年，並無私宅，湯恩伯何以南京、蘇州、上海、衢州等地均有多處公館。我們還寄居他的一個公館裡，這是什麼道理？」顧問微笑答我：「他因官場陋習，難免有此排場。」我看他如此護短，也就不與多辯。

引發我對湯恩伯特別反感的，是陳顧問對他的信賴，竟到了難辨是非曲直的程度。那是當陳的至友許壽裳先生在臺北遇害的時候，我不信其他傳言，推斷係遭特務暗殺的慘劇。陳顧問卻信任甫由臺北返滬的湯恩伯的說詞。他說：「湯恩伯告訴我，許先生是其女兒男友求婚不遂，於私奔前含憤將他刺死的，並非如外傳的係被他發現的入室小偷所刺死。」他還特別強調地對我說：「湯恩伯絕不會騙我！」

我見無法可辯，但仍難抑心頭悲憤之情，遂寫了一篇悼念許壽裳先生的短文，痛其在臺遭受政治迫害，投寄上海《大公報》，署眞實姓名發表，以示尊敬及負責。此文後來由當時臺灣異議人士陳鼓應先生撰文時予以引述，更能廣爲宣傳，出我意料。在茫茫人海中，我獨排眾議，爲許先生呼冤，竟能獲得陳先生的認同，不勝感激之至。雖然於事無補，但可證公道自在人心。

陳顧問當然看到我的短文，並知我是在反駁湯恩伯的說詞。但見我痛悼其亡友的眞情，不忍再和我爭論，至少亦默認我的推斷並非絕無可能了。

我追隨陳氏三年，從未在他面前臧否人物，但曾數度向他質詢湯恩伯與徐學禹的操守，並非我心懷偏見，實在是見微知著，總覺得這兩位陳氏最信賴的幹材，乃是表面上雖極度恭敬，骨子裡卻是私心自用的人物（後來在陳遭湯出賣時，及徐臨場的表現，都使我痛感自己的先見之明）。

在這段時期內，我與陳顧問在他的書房中，有過一次比較深入的傾談。由我發問他作答。記得我第一個問題是：「大家都說你是政學系，是嗎？」他笑著答：「不是，他們是資本主義，我是社會主義。」我追問：「你經常說信奉三民主義，眞的嗎？」「眞的，中山先生說過，民生主義就是共產主義，我最信行的是耕者有其田的政策，這是治國安民的根本。」問：「在你友輩中，你最欽佩的是誰？」答：「魯迅。」「爲什麼？」「因爲他的文章對青年的影響力很大，會促進國家社會的進步。」問：「你認爲國家在進步嗎？」他答：「在進步。我的經驗是：民國比滿清進步，北洋軍閥比民初政黨進步，北伐的國民黨比軍閥進步，現在的共產黨又比國民黨進步。」問：「你認爲今天年輕人的出路在哪裡？」他毫不猶豫地答：「一是教書，二是當共產黨去。」

我聽了大吃一驚。我早就自認瞭解他是國民黨中的開明分子，但想不到他的思想開放到這個程度。我想這應是他失意時的憤慨之語。爲平復他的情緒，我就以自己的處境向他闡釋，我對他說：「我讀大學時在校園裡是個問題人物，因爲我辦的壁報《自由評論》極受師友歡迎，右翼黨派都來拉我入黨進派，都難如願，乃將我列爲左派分子。但共產黨人卻從未和我接觸，大概看透我的自由思想，所以不值一顧。足證年輕人即使要當共產黨，也不見得輕而易舉的。」他聽了頷首未語。

我最後一個問題是：「你認爲中國文化目前可向外國傳播的是什麼？」他的答案更使我大感意外。他說：「是飲食文化。」他預言「中餐館將來在國外大可發展。尤其是豆腐將會暢銷全球」。他在半個世紀以前對我所說而被我認爲的奇想，後來竟成鮮活的事實。

今日回顧往事，這次傾談，他對我的詢問，可謂答得無何保留，而我的自由思想，也表達得等於交了心。他又知道我對湯恩伯的印象不佳，故而後來他與湯恩伯密謀和平解放江浙之舉，係由名楠參與其事。若名楠當時不私下和我說，我全無所知。獲悉以後，知此乃極密之事，豈能冒昧陳述意見，雖然極感憂懼，也只能置身事外，靜觀其變了。

在陳顧問出任浙江省主席之前，我住志安坊湯公館的期間，我的生活略有變動。一是任顯群自南京遷居上海，先在中央銀行經張嘉璈的關係任顧問，後被上海市長吳國楨羅致出任上海市民食調配委員會主委。他向陳顧問請准邀前臺灣長官公署民政處長周一鶚去任分配處處長及我去任秘書，於是我白日需至民調會辦公，十分忙碌。二是我結識了中大好友徐之河的姪女徐櫻美，這位外柔內剛的上海法學院應屆畢業生，以其純情立刻繫住我一直倔傲不羈的心，假日得向未來的岳家走動，陳顧問及夫人知情頗爲支持，也給了我更多外出的時間。故除有特別交代的任務外，當日共處就比較減少許多。但對他境遇的關切，則是與日俱增。

我深切瞭解他離臺時心情的落寞，由於名楠給我看他當時所寫的信和詩。一九四七年二月四日的信說：「名楠，警備司令，昨已奉蔣主席電令彭孟緝調升，魏主席一星期內可到臺，余離去之日當在十日以內。余素來不做詩，近以百感攢胸，作小詩兩首，錄請留作紀念。儀　五月四日」

另頁詩：「近作七言絕句二首，錄贈名楠甥，陳儀（印）（一）無題：事業平生悲劇多，循環歷史究如何，癡心愛國渾忘老，愛到癡心即是魔。（二）又：治生敢日太無方，病在偏憐晚節香，廿載服官無息日，一朝罷去便饑荒。」

面對這樣一位「癡心愛國」、「百感攢胸」，頻逢「悲劇」，「治生無方」的老人，看到他當時四面楚歌，八方受敵的情境，我自始就感到難以排解的痛心。但是隨後由於一宗偶發的個案，使我發覺社會尚有公道，陳顧問仍是受人尊重的長者。

「二二八事變」以後，臺灣警總參謀長柯遠芬亦離職返京賦閒，獲何應欽簽呈蔣主席請授予軍職，奉批：「此人在臺有不法行為，應予查辦。」求官不成，反而惹禍；何應欽難以處理，只好函求陳儀，請向蔣主席上書為柯緩頰，免予議處。陳即以柯在臺灣於遣回日軍日僑工作時不無微勞為詞，希蔣主席念此功績予以寬宥。蔣接函後立准所請，柯遠芬乃能未受懲處（以後國府敗遷臺灣，柯遠芬仍受蔣的錄用，又風光一時，不知他感念陳對他的恩情否？）。

柯遠芬在臺任警總參謀長時，對陳總司令陽奉陰違，自立門戶，專權跋扈，抗命行事，眾所感知，尤其「二二八事變」時的不法行為，為楊亮功監察使專案報呈蔣主席請予查辦，蔣以事冗似已忘懷，卻被何應欽提醒，乃有陳為柯向蔣求情的後續事件發生。我獲悉此案經過，對陳的寬厚助人，固不勝欽佩，而何、蔣對陳的信任與尊重均表露無遺，令我特感欣慰。確信他的尊嚴未因受各方攻訐而仍能確保無損。

但是愛國愛臺而且悉力衛護臺灣利益的陳長官，治臺不及二年半即告「罷官」，致其建設臺灣理想計畫未能實現，總是他的捶心之痛。自稱「失敗」，意氣消沉，實屬難免。就我的感受揣想，他除依然關心世局國事外，似頗安於現狀，無意再任實職，但其舊屬親友均盼東山再起，重為國族服務。持反對意見者，僅我一人而已，因我認世局難為，重出無益也。

十

直至一九四八年春夏之交時，陳顧問接獲國府文官長吳鼎昌電告奉蔣主席之命，邀赴南京晉見，情勢突起變化。陳顧問命我向民調會請假，偕副官王贊周同乘夜火車赴京。我與顧問同臥一特等小房間，寢前談話，他告訴我不知蔣為何邀見，到京以後始能知悉。我仍強調不宜再任實職。

抵京後入住湯恩伯的另一公館，陳顧問即赴國府見蔣主席，歸來告訴我經過情況，他說，到國府時他的好友吳鼎昌、張群、張嘉璈、王世杰等趨前問好，卻不知蔣邀陳將談何事？及晉見以後，才知蔣要陳出任參軍長之職。大家又紛紛向他致賀。我問，你同意了嗎？他答：「沒有，我只允考慮。」我建議：「參軍長所司工作，諸如國府主席接受外國使節呈遞國書時，與文官長分立兩旁，參與儀式的陪襯之類的任務而已，以你的高齡，實不必再如此勞累了，不幹也罷。」

陳顧問親自動筆寫了辭呈，給我看了內容。他強調年老體弱，難勝繁劇，請起用年輕之人。著墨最關鍵處是，他率直地寫道：「鈞座常謂年輕人難當重任，鈞座出任國民黨革命軍總司令時，亦僅四十歲耳。」簽呈上去，居然獲准。他回滬前去國府辭行時，他的好友吳鼎昌等見他居然能使蔣主席收回成命，於是又紛紛向他豎起大拇指，稱讚他：「眞了不起，了不起！」

回到上海，殷盼陳顧問東山再起的舊屬與親友都表失望，認爲陳顧問坐失良機，今後更無好運了。但是事出意料，不久蔣主席又電召陳顧問赴京晉見。這次我因不適未曾隨行，陳顧問返滬後面告經過情形大致如下：在晉見時蔣主席希望陳出任浙江省政府主席，並兼浙江衢州綏靖公署主任軍職，情辭懇切，堅辭不獲，乃允主持浙政，但因年邁難兼軍職，請另派員主管綏靖工作。蔣允所請，並於隔日告知決派蔣鼎文出任綏靖主任。但陳向來不値蔣鼎文的爲人，羞與爲伍，更不甘任其屬下，直言不能同意，遂即離南京，轉赴蘇州與閒居的湯恩伯盤桓一天，即行返滬（湯恩伯當時被蔣所斥，冷凍寓蘇）。

陳顧問以爲如此違逆蔣意，應能擺脫糾纏，後果爲何，亦無從計較，只好聽之。殊料蔣卻十分固執，居然第三次電邀晉見（我今日回憶，眞可謂是三請諸葛亮了）。陳獲電後只好苦笑著對我說：「你再跟我去一次南京罷。」

到南京後仍寓湯恩伯的公館，陳去晉見時，蔣直接了當地說：「你要誰當綏靖主任呢？」特別在座一同勸駕的蔣夫人宋美齡，除敦促陳爲家鄉服務報國外，亦鼓勵他推薦適當人選。陳即表示湯恩伯應能勝任。蔣亦久知湯、陳關係，知道兩人可以合作，立予允准，全案乃告正式決定（陳儀把湯恩伯從蔣中正的冷藏中加熱了出來。眞是又一席的再造之恩。因綏靖主任軍職在省政府主席之上，陳成了湯的屬下，並不在意。湯於就任後即告知其秘書，凡對省府主席行文時，署名都要用「職」稱，當屬知恩尊老也）。

對於省政府的人事，蔣主席並無指示，悉憑陳主席處理，倒是一同在座的陳立夫有意見，希望陳主席不要把沈仲九帶去浙江。陳主席一人擬定的省府人事爲：秘書長張延哲，民政廳長杜偉，財政廳長陳寶麟，建設廳長貢沛誠，教育廳長李季谷，委員錢宗起及周一鶚。除陳寶麟及貢沛誠是舊任委員不識外，其餘都是我熟知的人士。這份名單先送陳布雷主任處審核再呈蔣主席，陳布雷對李季谷的思想有疑慮，經陳儀解釋並保證後亦告通過，一切如擬。但我對我同學杜念嘉的父親杜偉出任民政廳長覺得相當突然，因問原由，據答：杜係舊屬可靠，且歷任浙江行政督察專員多年，對前民政廳長阮毅成所搞小組織的內幕熟悉，於推行縣市施政將有助益，故予委任。李季谷是我同學李岑川之父，思想較爲開明，被陳布雷質疑，經陳主席予以力保通過，甚是欣慰。唯沈仲九未能列入名單，陳主席頗感遺憾，然仍以私人顧問性質赴杭襄助，繼續擔任智囊工作。

公畢由京返滬，因爲新聞報導浙江省政府改組消息，志安坊寓所一反過去沉靜景象，連日門庭若市，求見訪客多如過江之鯽，悉爲謀職卡位而來。我至民食調配會辦公時，主委任顯群要我辦理離職手續，好隨陳長官赴浙履新。我向他表白，我原不贊成陳長官東山再起，更不想返回家鄉服務，因而決定留在上海工作，請他包容特別成全。他說了句：「長官不會放你的！」即不再多說。

在此期間，蔣秘書授謙即自杭州家中搬來志安坊替陳主席處理安排人事等公務，我就可以完全置身事外，不顧問何人得意，何人失望了。只有長官公署英文秘書鄭南渭（和我同宗及新聞界同業）前來向我訴苦，說他所得的官銜是「特務秘書」，將來共產黨來了，看到這個官銜就可以使他百口莫辯呢！我聽了不禁啞然失笑，不知爲什麼浙江省政府會有這樣可怪的官銜？

直至決定赴任日期之時，陳主席才命我和蔣秘書隨他去杭續任過去在臺時原職，囑我向民食調配會辦理離職手續，並說他已知會任顯群了。我即坦誠無意返鄉服務的意願，他說瞭解我的心情，但提醒我：在他經各方敦促再起之際，唯我一人勸阻，他曾本愛國立場向我分析利弊，要我「勿澆冷水」，如今既已決定復出，仍盼我體諒他一片愛國心腸，繼續隨他爲國效勞。在此無私的教誨下，我無言以對，只有唯唯。

一九四八年六月三十日，陳主席率蔣秘書、王副官和我四人，乘滬杭早快車赴杭，可謂輕車簡從；在上海送行者亦只有其女文瑛及婿項經方二人。抵杭午餐後，即驅車佑聖觀巷省政府視事。據蔣秘書說，主席辦公室經過三十多年，舊觀未改，然此地正是當年擔任省長的陳儀因傾向國民革命軍而被軍閥孫傳芳加以囚禁之處。

在杭州，蔣授謙、鄭南渭與我的分工雖和臺灣時期大致相同，但因環境和人事的變遷，都比臺島要複雜得多。依我個人的體會，陳主席內心所持的治浙主要原則是他口上所說的「保境安民」四個字，本此基礎看他的施政，不顧忌諱的棄舊創新，為民造福，而且擇善固執，發揮了超前的果斷精神。

我熟知內情與印象最為深刻的棄舊創新事例之一，是相當曲折的杭州市長更易的經過：

眾所周知，久任杭州市長已逾十年的周象賢先生是蔣夫人宋美齡的好友，但是新任省主席卻不滿他目前的治績，在省務會議上時有質疑，而周因有蔣夫人的憑藉置之不理。最後並且遞上辭呈，試探主席如何處理？結果是省府留中不發，未予可否，周亦只能靜觀其變。

一天早晨主席告我，任顯群已來杭州，要我去裡西湖旅社邀他來寓共進早餐。我如命前往。任顯群說來杭已經三天，業已走遍杭州每一角落。他問我來杭已有多時知道西湖上有多少遊艇，每條船的造價多少？我茫然無以為對，他則說他已調查得清清楚楚。不待他多說，我明白陳主席決定延攬他來主持市政了。到主席公館早餐時，約定一俟任顯群辦妥上海民食調配會主委辭職手續後，陳主席即可批准周市長的辭呈，邀請任來接任。

不料幾天以後，陳主席接到正在莫干山避暑的蔣夫人電話，希望維持周象賢的杭州市長職位，勿予更動。礙於情面，此案只好暫時擱置，未能劍及履及地斷然處置了。但是蔣夫人如何獲悉此案，事後經查係因任顯群洩密之故。

陳主席告我洩密經過時先說：「任顯群眞是大嘴巴。」原來任搭火車自杭赴滬時，上海市黨部主委方治與周象賢正好同車，方爲任、周兩人介紹，說任爲上海市府幹員，頗受吳國楨市長器重，聞陳主席亦有借重任氏之意，滬杭雙方正在爭取。

周象賢接著說客氣話，說：「歡迎，歡迎！我幹了十年杭州市長，已感厭倦，任先生來接我的位置罷。」說罷周、方兩人哈哈大笑。誰知任顯群接著口沒遮攔地說了一句：「陳主席正有此意。」立刻把方、周兩人鎮住了。

周象賢爲此未在上海停留，原車趕回杭州直奔莫干山向蔣夫人乞援，乃有蔣夫人致電向陳主席爲周緩頰的後續發展。

但任顯群並不知他已「一言敗事」，逕向吳國楨市長請辭獲准，即將來杭，省府只好專案設置一個運用物資的機構，由任顯群負責主持。

不久，周象賢因常受省方約制，未能如往昔的爲所欲爲，眞興倦勤之意，再度提出辭呈，陳主席立予照准，任顯群始就任杭州市長，展示其十分耀眼的行政才華。

就任之初他第一個考驗是杭州市商會給他的難題。按往例市府財政多賴商會所徵稅收，雙方約定分成辦法。今來詢問新任市長以後願意三七分或四六分。任市長即告以政府只知向工商界公平收稅，不知何謂三七分或四六分，取消以往與商會分成辦法。同時，並命稅局招考大學畢業生為稅務員，先予培訓，再給優薪，向工商界公平收稅。從此，非但工商界獲公平納稅的福利，而稅收大增，市府財政得以充裕，公私兩利，陋弊與貪墨更無形消除。市府措施，悉提省務會議予以批准，俱獲主席支持嘉許，任市長的聲譽亦不脛而走。

值得引述的棄舊創新事例之二是與軍統中統等特務機構的抗爭，較臺灣時期更為積極而明朗。陳主席不但在各種場合不斷告訴軍警治安人員不要濫捕人民，羅織冤獄，而且採取實際行動，恢復若干被捕嫌犯的自由。最顯著的是浙大二十餘名學生被特務機關以共黨嫌犯捕送陸軍監獄一案，陳主席應浙大校長竺可楨之請，立刻以省主席名義下令典獄長予以保釋（過去特務捕人，省府主席不能干涉），獲得社會普遍的讚譽，亦使特務機構至少在省會比較斂跡，不敢繼續張狂，但在其他縣市，難免依然橫行。

我親自偶然接觸到一宗軍統特務警保處長毛森呈報的，請將近百名被控為共黨嫌犯的囚徒立予槍決的案子，其中多為各地，尤其是湘湖師範學校二十歲左右的青年，眞是令人怵目驚心。我忍不住親持該案向主席陳情，即使這批青年確是共嫌無疑，也不該一律槍決，應該交付感化，因為這些究竟都是中華民族的子孫呀！主席看了公文，即在上面批示「交付感化」四字，並傳喚毛森前來領取，當面交辦。毛森雖曾辯論，但亦不敢抗命。只是於辭去時，在省府內手舉公文，一路高呼「這個差事不能幹了」，大發牢騷。

由環境巧合的棄舊創新事例之三，是縣市首長的更迭：浙江的縣市首長全是CC派的天下，CC在浙江又分爲兩系：一是羅霞天爲首而以張強爲代表；二是朱家驊爲首而以方青儒爲代表，地方首長的席位則由兩系平衡瓜分，省主席向不能厚此薄彼。陳主席到任後，兩系的縣市長中有嫌隙者，俱各投訴對方劣跡，查有確據，即予撤職，另派新人，爲數不鮮，且多非CC成員。羅、朱兩系不意獲此後果，停止內鬥，始能維持殘局，不致全面崩解，轉而較爲收斂，未敢肆無忌憚，對於改善地方政風，不無小補。

一九四八年八月底，在北平清華大學史學系研究所攻讀學位的丁名楠，只差畢業論文未繳，擬休學來杭助其二舅服公，陳主席即告我爲他先在學術機構安排工作，可以寫作畢業論文，必須完成畢業之後，再任其他公職。我即想到浙大教授張其昀與我有過交往，不妨與之情商。

張教授於前任主席沈鴻烈時代，曾爲其製作立體地形圖申請款項未獲允准，陳主席蒞任之初即親來省府繼續申請，我陪他晉見主席時，主席即交代我與財政廳長陳寶麟洽辦，並當面告訴張教授，此案即由我負責辦妥。嗣後經我與陳廳長數度洽商，終獲如數撥款，張教授得償宿願，歡愉之情，溢於言表。

張教授是我學長，文名久著，常爲《大公報》寫星期論文，此時尚未進入仕途，氣質頗佳，令我敬佩。乃敢冒昧直陳，名楠是主席外甥，清華大學史研所研究生，現來杭撰寫畢業論文，懇予賜助，爲其在浙大安排一合適工作，幸蒙張教授俯允所請。但我爲鄭重其事，仍央教育廳長李季谷出面專案推介，名楠乃至浙大史地研究室擔任編輯，公餘利用該室資料寫作畢業論文。

十一

不久我的起居生活因結婚而有變遷。抵杭之初，我原與家眷尚未遷杭的秘書長張延哲合住保俶路一號主席官邸內另座樓房之中。至一九四八年九月十七日（中秋節）我與櫻芬完婚，即遷出官邸自行租屋而居，從此即未與主席朝夕相處，除公務接觸外，甚少有傾談的機會了。

其時國共內戰的形勢日益明顯，國軍不斷敗北，共軍氣勢日升。杭州雖離戰區尚遠，但因散兵難民大批湧至，亦呈兵荒馬亂之象。及至一九四九年一月二十一日蔣總統宣布引退，由副總統李宗仁出任代總統主持和談，政局發展達於頂峰。當天，華北剿匪總司令傅作義與共軍簽訂停戰協定，率十八萬大軍不戰而降，北平和平解放，亦引起極大的震撼。

蔣總統引退的消息傳來，陳主席未對我透露任何意見。對於傅作義的行動，卻詢問我的觀感。我說：「國共內鬥不是對外作戰，勝負涉及國內政治，傳的抉擇不能視爲叛變。」陳主席頷首未語。

蔣總統被國民黨內和談派逼迫引退，自南京飛杭州轉返奉化溪口之際，我知陳主席曾在西湖樓外樓設宴款待，但不悉現場實況。外傳陳曾勸蔣出國旅遊，使蔣不悅。我未向陳求證，未知確否？但此後陳主席的施政即和李代總統的政令配合，如釋放政治犯及進行和談等，無不依法執行並樂觀其成。凡此自易引起以國民黨總裁身分依然掌控實權的蔣氏及其左右的反感與疑忌。

倒是杭州市長任顯群懂得爲官之道，於農曆新年以前，備妥傳統年禮，簽請以主席名義送往溪口蔣總裁府邸賀節。陳主席看了簽呈，交代我說，請任市長以市長名義送去可也。經我轉告，任市長遵命行事。因其年禮十分豐厚，除總裁家族外還普及隨扈人員，因而闔府俱歡，使蔣總裁對任市長的印象極爲深刻（任顯群於大陸易手時爲避湯恩伯緝拿而逃至臺灣，但仍有被湯追殺之危，後經吳國楨相助，引其晉見蔣總裁陳情，非但獲蔣寬恕，而且還加重用。此一厚遇，顯係種因於年節送禮也）。

農曆除夕前一天，一九四九年一月二十七日晨，名楠從火車站打來電話，說將去上海一行，忘帶手錶，要我派人將我手錶送去使用。因他當時正在追求在上海大學肄業的小姐，我想他是赴未來岳家賀節去了，我就祝他好運，他也欣然接受。

兩天後名楠回到杭州，次日約我餐敘並在其寓所長談，我還未詢他賀年經過，他卻迫不及待地對我敘述了使我極度震駭而又無法苟同的劇變。他說奉主席之命，去見了素未謀面的湯恩伯，要湯敵前起義，以免故鄉人民遭受兵災戰火之苦。這樣攸關生死的高度機密，名楠毫不保留地向我和盤托出，這種信任令我感動。但我忝列機要，事前既不知情，事後不僅要隱瞞名楠洩密，還須佯裝不知，以致無法向主席有所建言，善盡職責，這份尷尬，眞難消受。

陳主席謀求和平解放江南的意圖並不使我驚奇，令我不敢苟同這樣劇變的思考有二：一是我對湯恩伯的品格素有偏見，如此大事，倘無共識，風險實在太大。二是名楠乃是讀書種子，做學問一級棒，搞政治絕非其所長。但事已如此發展，我既被「置身事外」，只好聽觀其變。若能對名楠有所支助，也算盡我心力了。

據名楠告我，當時參與密商的，僅沈仲九（主席私人顧問）及胡邦憲（即胡允恭，前臺灣宣傳委員會委員，爲共方派來代表）與他三人。會後，名楠即帶了主席的介紹信及要他口述起義條件的親筆便條，去上海見湯恩伯。湯恩伯約定第二天在他住宅接見，對名楠非常客氣，親自迎送，單獨會面，可謂十分機密。當名楠向他口頭陳述起義條件後，湯欣表完全同意，但說口述難記，不識先生有手諭否（湯素稱陳爲先生）？名楠即把要他口述的小便條交給湯恩伯了（我聽了不勝恐慌，即問此事向主席報告沒有？他說報告了，主席說無妨）。名楠對湯的印象不錯，說臨別時湯還說不日當來杭州見主席面談。名楠返杭一週後，湯未來杭，二月初，他又奉命赴滬洽談，歷時五天始返。與我略談見湯經過：仍在湯宅單獨會見，湯先以事冗未克赴杭致歉。名楠面交主席手書，其中要點之一請湯委名楠爲其秘書以便聯繫，二爲介紹胡邦憲去會見。湯謂秘書職位即可發表，歡迎胡先生來晤談。此後名楠即在上海由湯派毛森經手辦妥秘書職務手續，十分順利。惟名楠通知胡邦憲往見湯時，胡因懷疑湯的誠信而爽約，爲此行美中不足處。他向主席報告此事時，主席並不在意。

名楠於辦妥浙大離職手續後，二月十六日束裝赴滬去就湯恩伯總部秘書職務。

二月十七日晨各報刊出浙省府全面改組，由周喦接任主席的消息。事出突然，各方驚異。我則揣想此事與密謀策反有關，後續發展難測。苦於只能暗自焦慮，見主席時卻不能形之於色。

到省府時蔣秘書對我說，主席已下令迅辦交接。又說周喦是主席世姪，且是湯的副總司令。聽到這層關係，我心頭不禁又大吃一驚，焦慮更深一層。我依常例進入主席辦公室報到請示，主席仍和顏悅色地對我說：「這次卸任後可以擺脫公務生活了。接任的周喦是很正直的軍人，你留下來給他幫忙罷。我會向他推介的。」

我想不到主席不爲自己前程著想，卻替我的出路安排。回憶離開臺灣之際，長官要我同返上海；如今卻盼我繼續留任，可見他和周喦的交誼確實非淺。我雖無意遵命，但免他爲我煩心，立刻表示同意。及主席卸任後，我即主動離職。

主席原定十九日交接，但是周喦說是準備不及，要求延期。事實證明，周喦並不如陳、蔣二人所敘述的那麼簡單，他的準備是來接任時率領大批軍隊進駐杭州，使人有直如武裝接收之感。

交接儀式遲至二十一日始能舉行，我知交接後主席即將返滬，我必須前往參加以便到時可以送別。不料事與願違，因為二十日我妻櫻芬忽患急病送入市立醫院治療，我亦遵醫之囑，必須留在醫院親自照顧，因而無法參與交接儀式。幸有好友醫院院長俞元方告我與會經過，說在交接儀式上，周喦致詞對前任主席極為推崇，一切順利。交接後，陳前主席還出席了民間各界在太平洋電影院舉行的歡送大會，發表講話，強調時代進步，人民的力量是強大的，博得全場熱烈的掌聲和由衷的崇敬，這是一般卸任官員所難得的風光。隨後即由卸任的杭州市長任顯群夫婦、省府委員錢履周及秘書蔣授謙等人陪同分乘汽車駛往上海。從此以後，我就無緣再見長官了。

二十三日，蔣授謙偕丁名楠同軍返杭，處理公私未了事宜。與名楠晤談時我判斷省府改組必與策反計畫有關，我為陳的安危擔心。名楠說他離滬前曾問過湯恩伯，湯答毫無關係。我力勸名楠不能去任湯的秘書，他未置可否，倒說離職浙大時尚有部分薪水未領，託我央在史研所任職的杭高同學徐學崢代向張其昀所長領取。學崢的回音是：張先生說丁名楠是共產黨，還想領薪水？

傍晚時接到名楠表姊陳文瑛派其丈夫之姪項斯琨來杭通知：二十三日上午湯恩伯已派毛森將陳氏拘禁，陳乘隙囑去訪候的文瑛速告在滬的沈仲九及返杭的丁名楠趕快躲避。

我們的消息太不靈通，其實陳被拘禁的消息業已風傳，所以張其昀有丁名楠是共產黨的說詞。後來上海傳來的音訊還說，湯不但把陳策反的親筆信呈蔣告密，且分發影印本給孫科、何應欽等人，此案完全公開，已無隱密可言。

急切間我最關切的是安排名楠立刻躲向何處？家住杭州而可信賴的友人，只有我在杭高、三中及中大三度同窗的低班同學湯友仁。他不但於對日抗戰時期，是我共度流亡生活的難友，相知甚深，堪稱莫逆之交，戰後與名楠相識，亦甚投緣。且於大學畢業後經我推介，蒙陳主席數度栽培，關係不淺。因感事急情商，暫由名楠匿居其家，稍後容我另作安排，立獲慨允。但名楠入住不久，即引起鄰居疑竇，友仁家人深感不安。我乃商得已離軍職從事商業的幼年義兄徐海籌同意，並煩友仁護送名楠至紹興西郭門外，到海籌世代經營的晉和曇行大宅內闢室隱居，更形與世隔絕並獲安全照料，使我十分放心，感同身受。直到浙江解放，名楠始離紹興重返北平清華校園。此後三十四年間我始終與他未曾見。直至一九八三年我在紐約退休返中國探親時，方在北京重聚，彼此俱已白頭矣。

當陳氏被拘消息風傳之後，卸任的浙省府高級官員害怕牽連，紛紛躲避。與我交好者行前大多與我通話，我即告以因櫻芬疾病初癒，岳父母邀我們去滬休養，亦將離杭，並給予我岳家電話，以便聯繫。

我與櫻芬於行初遷居上海岳家時，陳長官已被押赴衢州軟禁。據文瑛說，去時還准由勤務兵和炊事員隨行，到後讀書、看報與家屬通信都還自由，可看醫生控制糖尿病，待遇尚不苛刻。我聽了稍微放心，看來蔣不會立刻下令殺陳。

我偕櫻芬去志安坊陳寓慰候陳夫人月芳，夫人遭此厄難，雖甚創痛，但仍和藹如常。臨別時堅持贈我們倆袁大頭銀幣六圓。說可留作紀念。盛情難卻，只好領受，也想不到自此一別，竟無再聚機緣。

十二

陳夫人原籍日本，乃是繼室，我自臺返滬奉命寓居陳府期間，蒙夫人待我如子姪，愛護不遜於長官，令我感銘心版，迄難忘懷。據我所知，夫人在親屬中相當孤獨，連其繼女文瑛及外甥名楠，因摯愛已逝的元配夫人沈惠，對之亦難以貼心，遑論他人。甚至最喜為我講掌故的蔣授謙，亦從未涉及月芳夫人的往事。故我對夫人的淵源一無所知，但對她的品行極為敬佩。

她不僅通華語，識中文，知漢族儀禮，而且克勤克儉，處順境時不驕，遇逆景時不餒，確實持家有方，稱得上是位賢內助，不幸亦是悲劇人物。夫君被捕後，留居上海，嗣因生活乏人照顧，只好返回日本。聞嚴家淦自臺訪日之時，曾經設法晤見，略予濟助，不知確否？她不久即在東京逝世。

我抵滬之初，知我岳家電話的浙省府舊同仁多與我聯繫，互報平安。有時相約在我寓處聚會，溝通消息，但除我之外彼此俱不互告居所，以策安全。從此得悉遭湯恩伯總部公開追緝的僅沈仲九、丁名楠及胡邦憲三人，牽連到的只有前秘書長張延哲一人遭受短暫拘押，旋即獲釋。而一向最活躍的任顯群卻不知蹤影，與我毫無聯繫，由此可見此次風波雖大，涉案者實在不多。

其時上海《大公報》總經理曹谷冰先生知我在滬閒居，邀我重返報社服務，盛情可感。遵命就職不久，孰料香港、天津兩地《大公報》突先後宣布擁共，國民黨省黨部主委方治舉行記者會，公開向曹總經理施壓，促他命令港、津兩館回頭，如不遵辦，則不僅要封滬館，還要殺人。我是報社要聞編輯，又是浙省卸任高級職員，如經追究，兩案俱發，罪無可逭，於報社及個人都有大害。正憂慮間，接獲臺灣《公論報》李萬居社長急電懇邀赴臺相助，我即向曹總經理陳明原委，懇辭獲准。即於五月七日偕櫻芬飛抵臺北，出任《公論報》總編輯職務。

抵臺之後，方知陳前長官已被押囚基隆。任顯群則舉家避難遷居臺北，得以重聚，告我別後經歷。他說完全不知密謀策反之事，卻被湯恩伯列入緝捕人犯之中，逼不得已，只好來臺求助於其老長官陳誠主席，幸陳念舊未理會湯所發緝捕公文，但仍受特務人員監控之中。直至上海市長吳國楨來臺，適蔣總裁亦蒞高雄，吳自願陪任去見蔣陳情。經吳先容，蔣允接見。任於晉見時說明對策反密謀毫不知情，湯指他涉案究屬冤枉，湯且指他是鬧變要角，鬧變時他還是中學生，更是誣衊之詞，務請總裁明察。

蔣說：「那你爲何要逃？你不革命！」任答：「報告總裁，命固然要革，但我的小命先要保哪！」這句話逗得總裁也失笑了。蔣終於說：「你眞不知情，就不要逃了，若有事，可以來見我。」

辭別下樓時，任顯群向樓下的侍從人員俞濟時等人高聲說：「我已通天了，你們以後可以不再爲我操心啦。」

任顯群最後低聲對我說：「陳長官很難獲釋了。」我問：「何以有此推論？」他說：「我曾爲長官向總裁求情，我向總裁表明，我不但不知道陳策反湯的事，而且我不認爲陳會做策反湯的事。因敢斗膽請總裁寬恕陳，但是我被斷然拒絕了。」

我問：「你求情時總裁不動怒嗎？」任答：「沒有，總裁只說『此人無恥，你不要再提他。』我也不好多懇求了。」

我抵臺以後，無人與我談及陳前長官近況，這是我最先獲得的有關資訊。

任顯群在困難中還有膽量爲陳向蔣求情，我絕對相信，因爲我熟知他率直的個性。但蔣以「此人無恥」斥陳，我則無法釋疑。過去曾聞張群亦爲陳儀向蔣求情，請蔣將陳交他帶去四川看管，蔣未允准，還說：「我待公洽比你還好，你不必多管此事。」當時對陳並無惡言，何以此次竟以「無恥」斥之，令我難以置信。

直到多年以後，讀到報載消息，說蔣總統在《中央日報》上看到任顯群與顧正秋參加張正芬婚禮中兩人合影相片時，在旁寫了「此人無恥」四個字。侍從官員遂據此批示，對任顯群一系列的鎮壓行動，我才徹信任顯群當年所說「此人無恥」一語的千眞萬確，絕非虛言。

任顯群對陳儀的情義並未從此終止。他獲蔣總裁寬恕後不久，即被繼陳誠出任省主席的吳國楨，保薦爲財政廳長，從而又得施展長才，售敵產，爭美援，實施統一發票，發行愛國獎券，搞活經濟，政績斐然，立成朝野咸服的幹才，紅得炙手可熱，因而有實力可以到處責罵湯恩伯對陳儀的忘恩負義，還曾當面義正辭嚴地對湯恩伯說：「湯總司令，你總聽說過我在到處罵你。但你如把長官保釋出來，住在你家安度晚年，我不但停止罵你，還要讚你謝你。」湯恩伯聽了只好忍受，始終無言以對。

最令人感動是於陳遭槍決以後，停靈殯儀館時，特務環伺，無人敢去致哀，唯任顯群隻身前往。特務人員將他攔住，問他：「你來幹什麼?」他答：「我來向我長官行禮。」又問：「你是誰?」他遞交名片說：「我是任顯群。」特務看了他名片上的官銜，立刻非常禮貌地請他入內行禮，還恭送他出門。足見他當時民望之高，連特務人員也對他另眼相看。我前此曾說任顯群是陳長官的死忠之士，此爲明證。

曾在臺浙兩省共事，又在臺北重聚的好友中，除任顯群外還有鄭南渭。當時他已與魏景蒙合辦一份英文報，消息較爲靈通，也經常提供我有關陳前長官的訊息。其中最令我震撼而又感動的，是一完全出乎我想像的資訊。

據說臺灣警總的一位處長奉蔣經國之命，要他陪同二二八事件中遭通緝、如今卻與蔣經國連宗的蔣渭川，去基隆看被囚的陳儀並予以羞辱。這位處長接到公文以後，十分氣憤，置之不理。當時他私下並告訴鄭南渭說：「這個處長可以不幹，要我帶了蔣渭川去羞辱陳長官，我是絕對不幹的。讓公文躺在抽屜裡，看他怎麼發落罷！」很可能蔣經國此時尚未掌握大權，未便對此處長的抗命加以追究，此案遂不了了之，對外更未公開，亦無後續發展，知情的人恐怕不多。

我聽到這個訊息的第一個反應是：由於蔣經國的介入，此次長官雖未受辱，今後恐將必遭大難。不過出現個爲了維護前長官尊嚴，竟敢對當今太子抗命的警總處長，我感動得直呼公道在人心，並向這位也是我熟人的處長默默致敬。

因爲主編《公論報》的職務，我也有若干管道獲致一些無法證實的資訊，如傳蔣曾要陳悔過，陳未遵辦之類。倘若確有其事，不問後果，多少反映了蔣尚存有寬宥之意，而陳已抱捨身之心。

十三

從蔣陳過去關係推想，可說蔣對陳相當敬重，也十分愛護。如陳在閩處決張超，在渝怒斥孔祥熙等事件，易人而處，必遭嚴懲，蔣對陳卻一直寬容，而且始終重用。此次陳密謀策反，雖與蔣處於對立面而遭拘押，然無論軟禁何處，還是相當厚待，未聞苛遇。當年張學良劫持元首，一紙悔過，即可免死。如今陳只密謀和平未果，並未直接犯上，蔣有寬恕之意，應在情理之中。

但陳案一經蔣經國介入，而且擬由蔣渭川去辱陳開場，雖因處長抗命，未能執行，但後續發展極可憂懼。其後我於編報時看到陳之五弟公亮無端革去公職，由陳署名所題「中山堂」扁額亦遭撤換等消息，益爲擔心。且當時國府敗退孤島，又遭美援離棄，以致臺灣人心浮動，如處風雨飄搖之中。終使當局以通敵叛國之罪，判處曾任臺灣行政長官的陸軍上將陳儀死刑，以鎮臺灣浮動的人心。

一九五〇年六月十八日行刑前夕，我在編輯部獲得採訪主任袁方報告，「陳長官（當時一般人還都如此稱呼）明晨槍決。」我於悲痛中爲久與官方對立的這張民間報理性地處理這宗新聞，當即宣布（一）編輯主任負責編務，我只看最後清樣；（二）陳案新聞圖片悉用「中央社」稿，編輯、記者不能增減一字，即外稿亦不能採用。於最後看清樣時，我只在頭版頭條大標題「叛逆陳儀今晨伏法」八字中，將「逆」字改為「將」字，成為「叛將陳儀今晨伏法」。

當晚有則未能確證而且無法見報的消息，謂蔣總統已乘輪離島出游海上，似在避免張群等人為陳求情。此訊為果屬實，則蔣對陳之逝並非無動於衷，因其從無為處決人犯而去避的前例。

隔天閱讀港報所載有關通訊，對陳從容就義經過較為詳細，謂陳於拂曉自監斬官蔣鼎文送達處決令後，即沐浴整裝，未進刑前例具酒食，辭謝好心軍士扶持，自己步行上吉普車駛抵刑場，下車後還向執刑者說：「向我頭部開槍。」走向行刑地段時，並頻頻說：「人死，精神不死，人死，精神不死！」

從這類新聞報導中，我不但看到陳的從容，還意會到當局對陳的相當尊重。行刑時非但未穿囚衣，不加腳鐐手銬刑具，更無任何罪狀標示。還准沐浴淨身，穿上全套整潔西裝，自行邁步登車駛赴刑場，了其捨身心願。一個以「通敵叛國」罪名被判處死刑的囚犯，執行時獲得如此待遇，即使當局並無尊重之意，我仍於悲痛中欽佩他去得莊嚴。

陳逝世後，由其五弟公亮收屍火化，骨灰安葬臺北郊區，立碑以號稱「陳公退素之墓」。當時已無新聞報導，其親屬外，知情者恐怕不多，我亦於多年後自陳文瑛處始悉經過。海內外更鮮悼念陳的文字，只有住巴黎友人寄來翁文灝在法京所寫〈哭陳公洽〉之詩兩首：「海陸東南治績豐，驚心旦夕棄前功；試看執梃理財士，盡出生前識拔中。」「一時親貴誤經綸，耿直如公有幾人；最憶巴橋廷議席，面言秦檜是奸臣。」

翁文灝曾任國府資源委員會委員長及行政院院長，才智出眾，獻替頗多。但早已棄蔣避居法京，乃有哭陳詩作。因我從未知曉他倆交情，讀詩見其對陳如此理解，而且推崇備至，特感其情誼之濃動人心弦。他還有詩悼其資委會舊屬、後被以匪諜罪名遭槍決的臺灣電力公司總經理劉晉鈺：「電學專精一代英，無辜竟亦受非刑，傷心自命鋤奸者，毀滅人才罪不輕。」「臺島重心工業多，幸存材力足負荷，於今慄慄生危懼，軍力滔天受折磨。」從這幾首悼友詩中，不僅明示了三人間之友情，也暴露了當時臺政之專橫。

由於我與《大公報》及陳儀的關係，我在臺灣的處境亦並不寧靜，經常接受情報單位的照顧甚至搜查，只差未曾被捕偵訊而已，我自己並無消災避禍的能耐，幸有不少好友挺身爲我辯解，始能免受冤獄。如我中大學長吳錫澤告知，向省新聞處密告我的案子甚多，他都爲我辯白而不予追究，即是一例。但也有不少舊友怕受牽連，見我如遇蛇蠍，走避若不相識，連陳之親屬除其四弟公銓與我相敘外，餘亦莫不皆然。在此情況下，我亦有自知之明及自處之道。除獨自悼念及悲痛陳長官於每年二二八事件周年紀念時，替國民黨代背黑鍋外，絕不與他人，尤其是陳之家屬，探索相關消息矣。

直至一九八三年七月間，我自美國《紐約日報》總編輯任所退休，偕櫻芬以華裔美人身分，回浙江紹興探親祭祖，先抵北京受到中國新聞社熱情接待，於僑辦舉行的宴會中，始聽到有關陳故長官的資訊。獲悉中華人民共和國政府不但表揚他爲「愛國人士」，還照顧其親友及舊屬，最顯著的是陳文瑛被選任政協委員，蔣授謙獲委文史館長等，不禁感慰交併。

我們返紹途經上海時，晤見文瑛，餐敘後除詳告我湯恩伯逮捕陳時她親歷經過外，還給我一些相關資料，她說何應欽就曾向她出示湯恩伯分送的告密文件，足證湯不僅只是向蔣邀功，直是必欲置陳於死地。其實當時湯掌握軍權，若果表示反對，陳亦無可如何，奈湯陽奉陰違，忘恩負義，一至於此。也許是惡人有惡報，不久後他患病赴日就醫，莫名其妙地慘死手術臺上。

到杭州，造訪授謙，他感恩地對我說：「長官在世時，一直是我的衣食父母，不料他逝世後，我還要靠他的餘蔭，能得到目前的工作安度晚年，眞使我感激萬分。」我想授謙的這番話，應可代表同受餘蔭的其他舊屬的心聲。

授謙還介紹郁達夫幼子郁飛與我夫婦見面。在臺灣時即聽過授謙講述長官囑託文瑛撫育郁飛故事，今能在杭晤見，已是英俊青年。文瑛所存家書中涉及郁飛之處不少，其中以一九四六年五月五日一函談得較多，長官對文瑛說：「郁飛的事，還是由他自己決定，希望他多用理智，不要感情用事。我覺得郁飛是可以培植的，可以使他發展成一個優秀人才爲國家、爲社會造福。這是我的同情心，也是我的責任心，此外無絲毫別種心思。我既有培植他的諾言在前，我必履行到底。我日內當籌措國幣七十萬元，由胡景溪匯給你，二十萬元請你給郁飛用，五十萬補助你的家用。」我不知郁飛是否知道被如此愛護和期許，我卻被此種無私的愛感動得爲英俊的郁飛祝福，出人頭地後應能有守有爲，以報長者期許。

我與櫻芬此次返國探親，值四人幫被黜，鄧小平復出，實現改革開放，強調四化的活躍時期，華人華僑已能順利會見欲晤親友。昔日舊友中除長官至交葛敬恩、愛婿項經方先後逝世外，餘如周一鶚、丁名楠、陳祥達、王家驥、湯友仁等均皆各安所業，分別歡聚，同感欣慰。最使我興奮的是我闊別多年的中國，經歷文革衝擊後，正在欣欣向榮，前途無限光明，尤其是在深圳參觀一家現代化的工廠，看到年輕工人的起居生活和工作情況，乾淨俐落，奮發有爲，猶如未來新中國的縮影，不禁喜心爲之翻倒。這使我想起多年前陳長官和我談的國家進步論，國家的發展雖然難免波折，但確實在繼續進步中，眼前這家年輕工廠的風貌，應能博得陳故長官的讚賞，他雖然爲求國家的和平而犧牲了，但他的選擇是正確的，他的血未曾白流。這一感悟，使我豁然開朗，不再爲他慘遭殺害而悲傷，卻爲他捨身報國感到驕傲。

原載於《傳記文學》第八十八卷第三期，二〇〇六年三月

補記

鄭衣德

父親很少落淚。在印象中，父親唯一一次在外人面前流淚，是當一位有臺獨傾向的臺籍世姪質問他：中國人為什麼要「屠殺」臺灣人？

那時正值臺灣黨外運動在島內如火如荼展開之際，而美國的華人社區、校園和媒體也被捲入這場統獨猶未分明的運動中。由於父親的經歷和職業，家中常有左、中、右翼的朋友來訪，唯獨臺獨人士已從父親主持的《紐約日報》（*The China Press*）知悉他支持中國統一的堅定立場，除了託當時一邊在讀書一邊義務在父親報社採訪的我，轉請思想開明的父親理解他們的理念，筆下留情外，向不直接和父親接觸。

父親那位在美深造的世姪，是在他完成學業，準備返臺投身運動之前，應他岳父（父親高中同學、臺灣新聞界的至交）一再囑託，來到我們那並不寬裕的公寓裡留宿兼辭行。幾天的相處，拉近了彼此的感情，他終於向父親表露了他那「臺灣就是獨立一天也好」的思想。父親苦口婆心地向他闡述臺獨的不可行，卻逼出他那聲二二八時「中國人爲什麼要屠殺臺灣人」的質問。

父親聞言，潸然淚下，說道：抗日慘勝，大陸民眾除了爲從此不再受日本帝國主義的鐵蹄蹂躪而歡欣鼓舞外，也爲被割讓的臺灣終於重歸祖國懷抱而興奮激動。二二八兄弟鬩牆的悲劇，以及隨後發生的慘烈鎭壓，嚴重斲傷了臺灣民眾的感情，這一點他理解，但把它說成是「中國人屠殺臺灣人」他絕對不能認同。父親於是從他一九四六年一月四日搭乘美國軍機赴臺，當飛機盤旋於臺北上空下降之際，眼見淪陷五十年的美麗寶島業已返回祖國懷抱，不由悲喜交加，熱淚盈眶的親身感受講起，詳述了二二八的遠因和近因，以及他所認識的、被人認爲是罪魁禍首的臺灣省行政長官陳儀。長談之後，那位世姪默然無語，只說他要詳細研究二二八。

上個世紀八〇年代，臺灣黨禁突破，民進黨創立，但此一由包括統派參與打拚出來的成果卻被臺獨勢力綁架了。此時，那位世姪又重返美國深造。這回他主動來家中拜訪父親，並且出乎意料地執意拜父親爲義父。他說，他認爲兩岸分久必合，但有大量的工作要做，其中揭開迄今仍使臺灣民眾悲情不已的二二八的眞相是關鍵。他力勸父親一定要把他所知的一切寫出來。其後，李敖先生和已故臺灣史學家戴國煇教授等人，也一再促請父親動筆寫書，認爲通過父親掌握的第一手資料，當能化解臺灣同胞對祖國的誤解。然而父親的筆還是保持沉默。

父親的沉默是有原因的。首先，臺海兩岸雖對二二八的解讀或有不同，但都一致把罪責推到陳儀身上。父親認爲，陳儀作爲臺灣當時的最高長官當然要對那場悲劇的發生負責，但陳儀之罪，在於愛臺太深，在於陳儀的開明思想不容於國民黨保守勢力；陳儀之責，在於身爲臺灣最高首長卻指揮不動黨特系統，在於求成心切而忽視了臺灣社會的現況。他擔心，他的這種觀點會引起更大的爭議，使二二八的傷痛更深一層。更爲重要的是，父親從不保留資料或撰寫日記。無黨無派的父親因在抗戰期間和國共內戰之時，先後在重慶《大公報》和上海《大公報》任職，且兩次擔任因策畫和平解放上海而遭國民黨當局在臺槍決的陳儀的機要秘書，這兩重身分使他在臺期間處境艱難，屢受特務機構的騷擾，爲了保護全家安危，他燒去資料、剪報、親友信函，並且不冉寫日記。要談二二八，他僅能憑深深刻入腦海的記憶，而無文字資料作爲佐證。

其實，早在九〇年代父親已開始草擬有關陳儀和二二八的文稿了。

在中國變革的大時代背景下，我們鄭家顛沛流離，歷盡坎坷。我們這一支家族，原籍河南溧陽，遷居雲南保山。甲午戰起，祖父投筆從戎，自雲南出發，甫抵浙江，中國已戰敗，臺灣遭割讓，祖父便客留紹興，再也沒有回過故鄉。抗戰興起，父親直接從杭高流亡到後方，在重慶讀書工作。抗戰勝利，父親赴臺追隨陳儀建設寶島，未想爆發二二八慘劇，於是隨著陳儀回返上海。在上海成家不久，已到解放前夕，因曾追隨陳儀又在已有數館「附匪」的《大公報》工作，處境危峻，在臺籍至交李萬居先生的邀請下，再度返臺主持《公論報》。之後，他帶領全家游移於臺灣、菲律賓辦報，最終落戶於美國紐約。這樣複雜的家史，若不留下記載，在美國出生的後代，將如何薪傳？在子女一再懇乞之下，年逾八十的父親開始追憶往事並寫下逐年的大事了。

刺激父親眞正動筆的誘因，是他至交李萬居先生百年冥旦前夕，臺獨分子欲把這位臺籍愛國報人描繪成臺獨先驅。父親那位世姪聞訊自臺急電邀稿，父親也不問何處將予發表，幾天內就從筆記中整理出〈李萬居與公論報〉，從他與李的交往和攜手辦報的親身經歷，有力地駁斥了臺獨意圖篡改史實的陰謀（文刊二〇〇一年《傳記文學》第四七二、四七三、四七四期）。看到島內「去中國化」和編篡歷史的邪風越颳越烈，而二二八始終被別有用心的人用來撕裂族群，破壞兩岸同胞的感情，父親此時改變了原來執意要把那段經歷隱爲家史不予發表的堅持，決定將他所知的二二八和事件的關鍵人物陳儀寫出來並公諸於眾，希冀回歸的一些眞相，能夠讓人瞭解那場悲劇的遠因和近因，從而對彌合歷史傷口、促進族群和諧，乃至推動和統，稍作貢獻。

父親有關陳儀與二二八的手稿，於二〇〇五年底大致完成。二〇〇六年二月，當那位世姪來電指出民進黨當局又要以「紀念」二二八來撕裂同胞感情時，父親匆忙間把稿子寄往島內交他全權處理。臺灣《傳記文學》臨時抽去已編好的三月號封面故事，換上父親的文章，冠以「鄭士鎔：二二八・細說陳儀」的標題。

由於那篇文稿付梓的時間倉促，其中的一些內容，不如他平日口述那樣的詳盡，但編輯出版此書之時，父親已屆九十一高齡，精神和體力已不容許他親自動筆補正，經他同意並經他閱審，謹作如下補充：

（一）父親表示，臺灣光復不到兩年就爆發了二二八是陳儀和長官公署始料未及的，因此事發後公署運作可以說是完全處於失控狀態，當時掌握的資訊不盡翔實，其後續發展也就無從追蹤，更無從查證了。譬如，關於二二八係因緝煙人員毆打私煙販林江邁而引爆的說法，不但史料如此記載，而且長官公署當時也這麼認爲，可臺灣《聯合報》二〇〇六年三月的一篇獨家專訪，通過當時在現場的林江邁之女林明珠之口，卻完全顛覆了這個「定論」。又譬如，文中提到的那位因阻止佩槍被奪而違令開槍的衛隊長的姓名、下落，以及事後是否遭到懲處，相信至今都無人知曉。

（二）關於二二八當天上午陳儀已命令參謀長柯遠芬宣布戒嚴，但爲什麼迄今未見有關公文？父親表示，陳長官對部屬的信任已到了緊急交辦的事只口頭囑咐不用公文的地步。譬如，事變後，《新聞報》駐東京特派員、臺籍記者謝爽秋，就是憑陳儀口頭交辦，父親親往保釋的。陳儀要柯遠芬宣布戒嚴，也是如此，長官並沒有下公文。

（三）二二八當天午後，當陳儀方欲步向陽臺向請願群眾發表講話之際，忽聞兩聲槍響，公署一樓的職員爭向上逃避，父親卻爲什麼要冒險跑下樓去看個究竟？父親說，作爲機要秘書，他並無查看現場的職責，當時爲什麼要跑到現場去，現在回想起來，全係曾做過新聞記者的職業衝動，而這一本能反應竟讓他成爲能夠證實當天守衛並未使用機槍掃射請願群眾、廣場為何響槍，以及現場傷亡人數的見證人。

（四）關於爆發二二八的遠因，父親在文中一筆帶過，但在多年來的口述中，他提到了下列數點。第一，日本竊占寶島臺灣五十年，使得臺胞對飽經戰亂的祖國抱有不切實際的幻想，但當他們看到慘勝的國軍的落伍的裝備和素質，再對比戰敗的日軍整齊的軍容，失落感油然生起。第二，日本竊佔寶島臺灣五十年，使得臺胞對內戰之中的祖國現況不明，譬如有些左翼的臺灣知識分子竟加入或自組國民黨的「三民主義青年團」即是一例。由於這種認知上的差距，讓陳儀因愛臺而採取的一些政策，如在臺使用臺幣，不准大陸幣制來臺，竟被許多臺胞誤認為是對重歸祖國懷抱的他們的歧視。又譬如，臺灣光復後不採行省主席制，卻採行權力如同日據時代臺灣總督的行政長官制，也被許多人視為是對臺胞的歧視，殊不知，陳儀正是想用這種權力來抵制國民黨保守勢力對他的干擾，以實現他建設臺灣的理念。第三，陳儀一心想把臺灣治理為中國的模範省，因此下令禁賭、禁娼、禁舞、禁毒，並進行煙酒專賣，殊不知，這些作法堵絕了戰後臺灣許多破碎家庭、被日強拉當炮灰從南洋歸來的無業臺籍兵夫，以及被他從日本監獄中與政治犯一併釋放的流氓的生計，以致在二二八事件的打、砸、搶、殺中，這些人成為了主力。第四，日美因素在二二八事變中起到推波助瀾的作用。戰敗後，尚未遣返的日軍、某些日僑，以及日據時代受日本扶植的親日臺籍上層人士，便在臺胞間發動耳語說，中國雖戰勝，但她是二等國家，日本雖戰敗，卻是一等國家，中國不能也無法治理臺灣，

「等著吧，我們會回來的。」美國方面則在日本戰敗前即對臺灣表現出極大的興趣。二戰末期，美軍部分將領曾經主張軍事佔領臺灣島，戰後美國駐臺灣總領事館副領事的喬治·克爾（GeorgeKerr，中文名：葛超智）就是美國海軍撰寫訓練佔領臺灣島計畫的執筆人，但是這個計畫在開羅會議決定戰後亞洲版圖重劃時被放棄，確定中國要求歸還臺灣的主張。然而就在二二八事件發生前幾個月，喬治·克爾透過了美國新聞署（US Information Service）分發傳單鼓吹美式民主，並通過親美臺灣士紳煽動要美國託管臺灣進而讓臺灣自治獨立。

（五）二二八後，在與陳儀相處的那段日子裡，有沒有談過對事件的看法？父親說，沒有。首先，事件後，在臺那短暫的兩個月裡，公署上下忙著善後和交接，沒有機會談。回到上海直到陳儀被捕前，父親雖與陳儀有近兩年晝夜相處的日子，但陳長官不觸及這個問題，他就不忍提這個傷心事。父親說，就他本身而言，抗戰在外流亡八年，勝利後回老家探望雙親和弟妹僅僅一週就立即背井離鄉追隨陳儀務公，是因為他與許多當時赴臺大陸人一樣，都為甲午割臺而對臺灣同胞抱著一份愧疚的心，是眞心想與臺胞們一起攜手把美麗的寶島臺灣建設好的，因此，二二八骨肉相殘的悲劇，成為他不願回憶也不忍談的心頭之痛。此外，據父親的貼身觀察，當欲把臺灣建設成中國模範省的美夢破滅後，陳儀已然瞭解到，在整個中國的問題沒有解決前，臺灣不可能成為淨土，從而開始重新思考中國應走那條道路了。這個推論可從陳儀返滬後找新聞界開明人士傾談、他對父親說的那番年輕人應去教書或參加共產黨的談話，以及不顧年邁仍接受浙江省主席的任命等的事例得到輔證。

（六）父親在書中說，陳儀要湯恩伯和平起義引起的「風波雖大，涉案者實在不多」，其實是當時他並不知自己已身臨險境。一九八二年我奉父命，首次赴華探親時，在紹興老家就有親友告訴我說，陳儀主持的浙江省政府改組後，曾有特務到家裡搜捕父親，為首者是父親的一位金姓小學同學。據親友回憶，在入門搜捕前，那位金姓同學似在示警，曾在門外大喊：「士鎔兄，我們來抓你了！」回紐約後，將此事稟告父親，父親聞言大笑說，那位金姓同學人高馬大，品行和功課都不好，不知留了多少級，但對父親很好，老是跟著父親跑。小時候，父親接受新思潮，在家鄉破除綁小腳的陋習和封建迷信，金就是言聽計從的跟班，有一次，父親見到巫婆施術，在那裡妖言惑眾、亂奔亂跳，就要金前去制止，金上去就是一巴掌，立即把巫婆「打醒」了。另外，已故中國近代史學者丁名楠教授在一九八二年我首次赴大陸時告訴我說，省政府改組後，當局要緝捕者中還有一位「汪秘書」，但陳儀身邊並無此人，他懷疑，這位「汪秘書」或許就是指行事低調的父親。父親對於這個說法未予置評，只說，他在家鄉浙江工作的那段時間，的確從不拋頭露面，也不在公文上簽字，若有意見需以書面呈報長官裁示，他都是另外附條上呈的，這麼做，是為了避免受到人情包圍，干擾了公務。

（七）父親曾在口述中談到，陳儀對他信賴有加並視為子姪，策反湯恩伯的任務原本應該是他，而非他童年至交、陳儀那生性老實純厚、標準讀書種子的外甥丁名楠去進行的，但由於父親新婚不久，陳儀疼愛母親如親女，加上陳儀深知父親不信任湯恩伯，所以才讓對人毫無防範之心的丁名楠前往洽辦。中國改革開放後，父親與丁名楠伯伯曾在紐約、北京多次聚首，每談及此，兩人都不勝唏噓。

二〇〇九年八月十七日

陳儀其人與二二八事變

——沈雲龍

一九四六年六月十二日，何應欽上將離臺前攝於台北松山機場。第一排中為陳儀，右為何應欽。

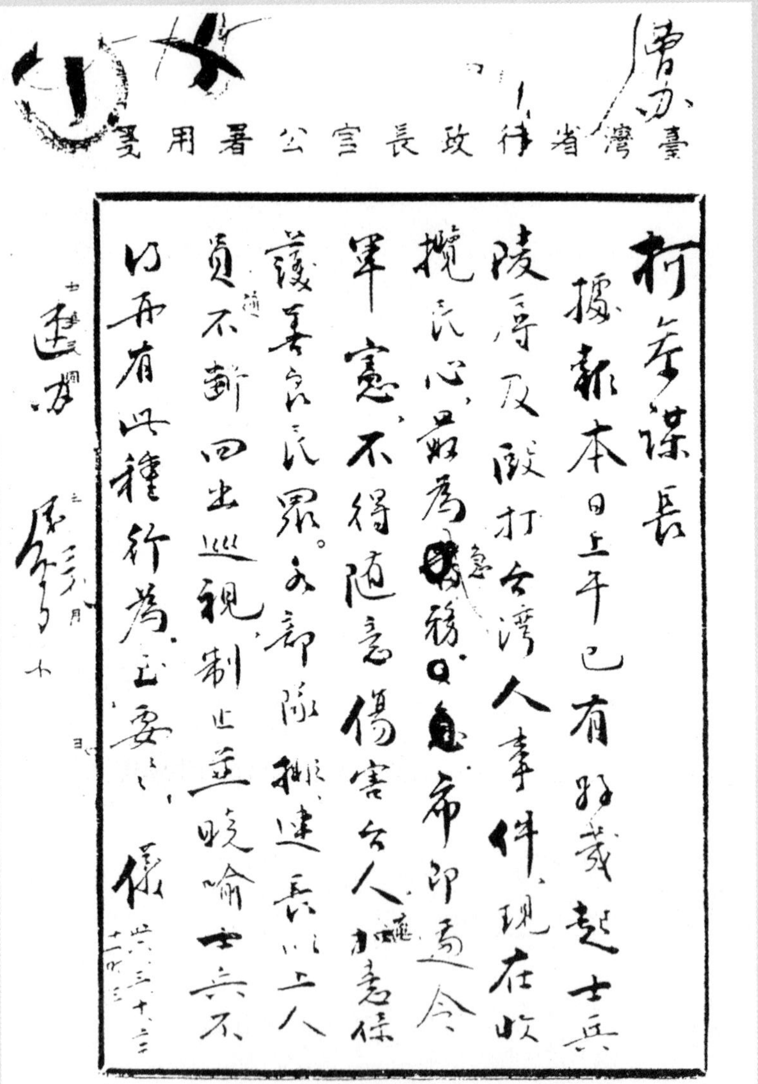

臺灣省行政長官公署用箋

柯參謀長
據報本日上午已有數起士兵
陵辱及毆打台灣人事件，現在收
攬民心最為急務，希即布告通令
軍憲不得隨意傷害台人，應加意保
護善良民眾。又部隊排連長以上人
員不斷四出巡視，制止並曉喻士兵不
得再有此種行為，至要。
儀 卅六、三、十、十二

二二八事件後，陳儀於三月十日寫給警備總部參謀長柯遠芬的手諭。

二二八事件後，白崇禧將軍於三月十七日抵臺。

陳儀（中）離臺前在臺北機場廣播向臺灣人民告別，右為臺灣省參議會議長黃朝琴，左為行政長官公署秘書長葛敬恩。

臺灣省警備總司令部全體將級官佐歡送陳儀（前排中），其左為參謀長柯遠芬，前排右起為二處處長林秀欒、副參謀長范誦堯，後排戴眼鏡者為黃國書（後曾任立法院長）。

民國三十六年，臺灣省發生一場震撼中外的「二二八」事變，筆者時任臺灣省行政長官公署宣傳委員會委員兼主任秘書，適逢其會，親身目擊，曾困處辦公室（即今行政院新聞局西側樓上）十晝夜之久，妻兒窩居東門町（今連雲街），亦無法照顧，幸與四鄰和睦相處，未受騷擾，亦無損失。待事變平定，用「雅三」筆名，寫成〈二二八事變的透視〉一文，刊載於筆者主編之《臺灣月刊》第六期，雖根據官方資料，自信尚翔實可靠，如今事隔三十餘年，往事不復記憶，所幸國立中央圖書館臺北分館尚藏有該月刊專輯一冊，足供研討參考。因此，有關事變經過，不再贅述，僅就追憶所及，探索其癥結所在，加以分析：

先從當時握有全省軍政大權的行政長官陳儀說起。陳字公洽，浙江紹興人，日本陸軍士官學校及陸軍大學畢業，於軍學軍制富有研究。民十三、四年間，任浙軍第一師師長，隸屬於蘇浙皖閩贛五省聯軍總司令孫傳芳。北伐時，陳駐軍徐州，由其參謀長葛敬恩的暗中聯繫，率部歸順國民革命軍。迨國民政府成立於南京，即任陳爲軍政部兵工署署長，曾奉命赴德考察政經制度及物色人才，遂得識留德學生俞大維、徐學禹、江杓、張果爲、包可永等。歸國後，升軍政部常次，乃推薦俞大維繼任兵工署長。陳在職期間，潔己奉公，處脂不潤，爲最高當局所倚信。民二十二年冬，福建人民政府叛亂，次年事平，陳受命爲福建省政府主席，論者詫爲異數，以其非嫡系而竟膺疆寄，實則其時中日關係惡化，福建與臺灣隔海爲鄰，能得一深通日本政情者爲之緩衝，免滋事端，自可減最高當局後顧之憂也。以是陳雖主持閩政，然亦常僕僕於京滬平津道途，協助黃郛、張群、楊永泰等辦理華北中日交涉，世人往往目陳爲政學系，殆由於此。

陳任閩省主席近十年，先後延攬陳體誠、徐學禹、張果爲、包可永、嚴家淦爲建設、財政廳長，而實際爲之擘畫一切者，則爲省府顧問沈仲九。沈似亦紹興人，與陳有戚誼，其思想接近無政府主義，曾任長沙第一師範、江灣立達學園、吳淞中國公學教員。在閩創設縣政及公務人員訓練所，輪流調訓地方基層幹部，使吏治爲之一新；益以張果爲之改革稅收，實行公庫制度，成立省銀行，發行輔幣券及省公債，使財政大有起色。筆者於抗戰期間，曾任閩財政廳秘書及公務人員訓練所教官，故對此兩者知之較詳。嗣陳接納徐學禹建議，實行管制經濟，成立生產局、運輸局（管制貨運）、公估局（收購糧食），致物價飛漲，民怨沸騰。張果爲因反對而被免除財政廳長職務，由時任福建省貿易公司總經理嚴家淦繼任。唯此項管制經濟政策，終遭閩籍僑領陳嘉庚激烈抨擊，及新加坡一帶華僑的怨聲載道，終使陳儀不安於位去職。張果爲對陳的評述，謂「他是充滿了愛國精神的人，應是毫無問題的，但是求治求功之心未免過切，致易爲貪墨者流所利用；又過信鄉愿者流的阿諛，以致用錯幾人，而不免僨事。也可以說：他的成功，在愛國心切，勇於任事，敢作敢爲（他在軍政部次長任內也有不少成就）。他的失敗，在不能擇善固執（因他喜歡高遠見解），而又用人不專（因他發展慾強）。」以張隨從陳服務閩省近十載，自然瞭解甚深，其評騭應該是非常客觀的。

陳奉調離閩，前往陪都重慶，出任行政院秘書長，未久，即與副院長孔祥熙齟齬，拂袖逕去，乃改調黨政設計考核委員會秘書長，直至抗戰勝利，始奉命爲臺灣省行政長官兼臺灣省警備總司令。行政長官公署採取首長制，與一般省政府採合議制不同。前者下設秘書、民政、財政、教育、交通、工礦、農林、警務、會計九處，法制、宣傳、設計考核三委員會；後者僅設民、財、教、建四廳；間有設警保、社會、新聞等處者，是臺省行政長官制度與其他各省較爲特殊，無非因地制宜而已。民三十四年十月，陳自渝飛滬轉臺接受日本投降，並負責派員接收臺灣總督府所屬各機構。行前，曾晉謁最高當局請訓，同時面呈公署各處會首長名單，即奉核可。然事先未與委員長侍從室第三處（主管全國黨政高級人事任用）主任陳果夫洽商，實犯慣例之大忌，此固陳儀平素敢作敢爲之作風，亦爲未來臺省黨政不協調之種因，更爲「二二八」事變其所以星火燎原之關鍵，此中機括甚微妙，外人不盡知也。

陳來臺就職之初，所延攬處會主管，如財政嚴家淦、交通任顯群、農林趙連芳、工礦包可永、教育范壽康、法制方學李、宣傳夏濤聲，均屬行政專才，一時之選；臺籍人士隨同返臺任職者，如黃朝琴、連震東、李萬居、謝東閔、游彌堅、劉啓光、蘇紹文、林忠等，均屬抗日愛國志士，重返家園，爲桑梓效力，陳均就其所長，分別予以任用。唯公署秘書長葛敬恩、警總參謀長柯遠芬，似未能發揮幕僚長作用；蓋陳習慣於獨斷獨行，非他人所能左右，只有公署顧問沈仲九，仍隱隱爲之操持一切，其信任之專，亦非他人所能及。最近臺北出版的《風雲論壇》第五期，有署名黃嘉瑜寫的〈風雲榜〉一文，其中提到「臺灣光復時的軍事長官陳儀」，有謂：

陳儀抵達臺北松山機場時，歡迎場面熱烈浩大，比何應欽在南京受降，毫不遜色，足證臺灣同胞對重歸祖國的熾烈嚮往。他當時並沒有住進離總督府（現今總統府）不遠的總督官邸（現今臺北賓館），而住進南昌街臺電日本社長住宅。將總督官邸公開讓老百姓遊覽（雲按：其時總督府為美空軍炸毀，僅餘四壁，總督官邸尚完整）。

陳儀來臺時，有心求好，他要求部隊嚴守紀律，為此曾將一違紀的馬姓少將當眾槍殺示眾。對於臺灣民政、財政、金融、治安、警務、糧食、工礦等問題，他也深入瞭解。他身體好，生活軍事化，拿便當上班，以辦公室為家，曾經使他的幕僚長受不了。

唯一失敗的是，他以臺灣最高行政首長，未能深入瞭解臺灣民性民情，而若干高級幹部粉飾太平，未能掌握政局現況，以是星星之火，釀成三十六年的「二二八事件」，陳儀也因此去職。……但他某些方面有擔當、肯負責、敢判斷，是他可取之處，可憾者是他沒有一兩個穩實持重、深謀遠慮而又能進忠言的幕僚。

這對於陳，確是相當中肯的批評。從陳到臺就職到三十六年五月去職離臺止，共計在職期間一年七個月，未能深入瞭解臺灣民性民情，是無可否認的。但爲了應付中央各方面來臺接收問題，對他也是一大困擾。例如孔宋系統的中、中、交、農四行及中信、郵儲兩局派員來臺設行及接收金融機構，陳認爲臺省原有臺灣、第一、華南、彰化四銀行，毋庸增設，即命來臺人員原機返回，並呈准由臺銀發行臺幣，不讓大幅貶值的法幣在臺省行使，以穩定物價。又如翁文灝主持的資源委員會，派員來臺接受日人所遺留的工礦事業，亦爲陳所拒絕，幾經往返折衝，決定國省合營而告解決。再如國民黨中央財務委員會以行憲在即，黨費須自籌，電令陳將全省電影院交由黨營，陳爲中執委，無理由可以反對，經過不少函電洽商，最後保留臺北西寧南路國際戲院一所，作爲教育處實驗劇院（今已改建），其餘悉屬諸黨營事業。另如國民黨中央宣傳部，以接收《臺灣民報》後，長官公署改爲《臺灣新生報》，並聘派青年黨人李萬居爲社長，至感不滿，乃以臺灣須辦黨報爲由，強令分與《臺灣民報》印刷機器設備之一半，命特派員盧冠群籌備《中華日報》，陳則以該報須設在臺南爲條件，免在臺北與《臺灣新生報》發行衝突，最後雙方勉強接受，打開僵局。凡此俱見陳對中央黨政及人際關係，極不圓通，嫉之者至謂不受中央節制的「臺灣王國」，上海《僑聲報》訾議尤烈。陳既具有上述不利因素，遂影響到「二二八」事變發生後，幸災樂禍唯恐不亂者有之，暗中推波助瀾利其速去者亦有之，其故即在此。尤其共黨分子的滲透，乘機煽惑，擴大事態，如三民主義青年團臺灣區團部書記長李友邦，臺北分團主任王添灯、嘉義分團主任陳復志，以及潛蹤返臺之女共幹謝雪紅，均其最著者。他若教育處副處長宋斐如、宣委會委員胡邦憲，則由沈仲九所引介。是肅奸防諜，雖曰職有專司，但陳之疏於監督，要亦不能辭其責也。

至於臺灣省民性民情未能深入瞭解，原因非一。緣臺省割讓日本五十一年，臺胞中年以上尚知熱愛祖國，富有民族感情，中年以下多受日本教育，生活方式已改，乃至有所謂「皇民化」傾向；而大陸來臺部分接收人員，不知「血濃於水」同屬炎黃子孫的重要，往往流露勝利者君臨殖民地的傲態，易使臺胞發生反感；益以語言隔閡，意見無法溝通，遂致狹隘的省籍地方觀念，相互排斥，誤會滋生，「二二八」事變發生，臺胞以仇視外省人為對象，其種因在此。

當接收臺省之初，國軍第六十二軍（軍長黃濤）自高雄登陸，俱係美式裝備，軍容甚盛；第七十軍（軍長陳孔達）自基隆登陸，士兵來自閩省保安隊改編，人著棉軍裝，赤足著草鞋，伙伕肩挑鍋桶碗盞尾隨步行，臺省十一月間仍甚燠熱，於是官佐士兵咸將棉衣褲軍服脫去，赤膊短褲捆載而行，行列散亂不整，道旁觀眾，竊竊私語，以為這樣部隊怎麼會打勝了日軍？日軍雖敗，但士兵還有皮鞋可穿，何以國軍裝備風紀比日軍還不如？由是對國軍表示懷疑，進而產生輕侮之心，加以官佐士兵仍保持大陸作風，間有強住民房，而又不熟悉日式房屋構造和習慣，同時，至市場採購日用伙食，以語言不通，討價還價，常常發生爭執，糾紛迭起，使臺胞向心力減少，疏離感增加，此「二二八」事變由臺北一隅動亂，立即波及全省的原因所在。

接收後不久，中央以戡亂剿匪甚急，曾電詢陳儀能否將六十二、七十軍調回大陸，陳以臺省安謐，毋須駐軍，電復同意北調。此即陳之自信力強，勇於專斷，而又估計錯誤的弱點。因此「二二八」事變發生時，僅有憲兵一營及公署衛隊一連可供指揮，全省兵力單薄，無法鎭壓，直至國軍第二十一軍（軍長劉雨卿）及憲兵兩營自閩移臺，亂事始告敉平。再陳爲表示施政寬仁，曾將日人囚禁火燒島（綠島）之地痞流氓，悉數釋回本島，並未爲之妥籌生計，於是各地陡增一批游手好閒惹事生非之徒，對日人遺留武器槍械彈藥，未能嚴格取締或清繳，遂致「二二八」事變時，成爲暴徒與武器之來源，可見當政者顧慮未周，稍一不愼，即肇巨禍，及今思之，猶感痛心！

原載於《傳記文學》第五十四卷第二期，一九八九年二月

陳儀的另一面

——蔡鼎新

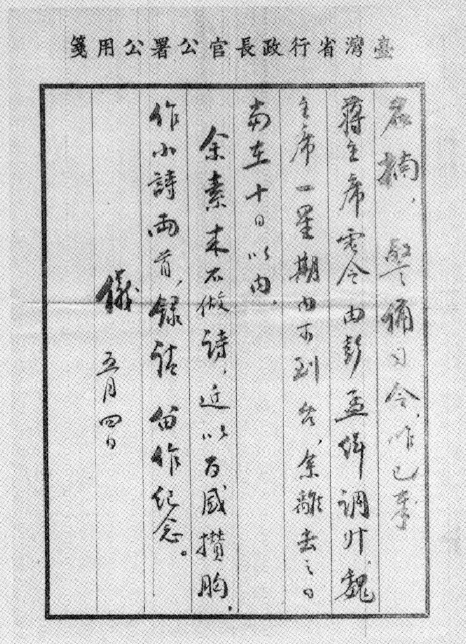
臺灣省行政長官公署公用箋

名楠，堅楠均令，作已悉。

蔣主席電令由彭孟緝調升，魏

主席一星期內可到台，余離去之日

當在十日以內。

余素來不做詩，近以有感攢胸，

作小詩兩首，錄給留作紀念。

儀

五月四日

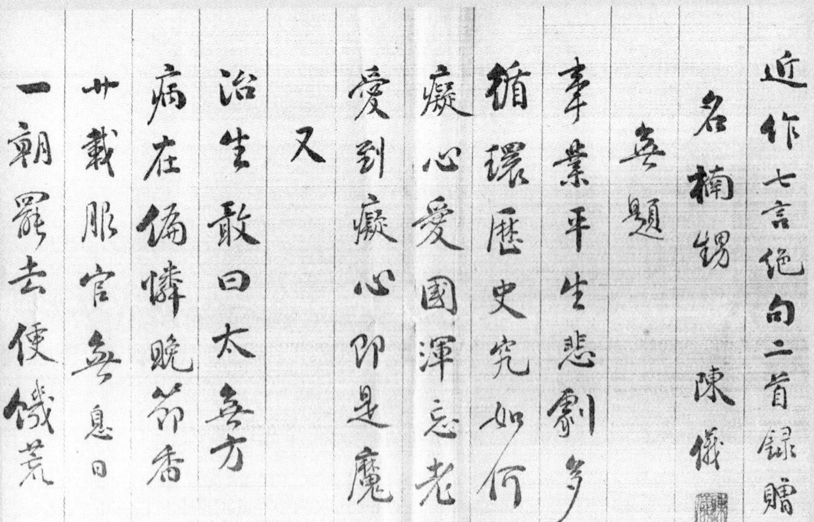
近作七言絕句二首錄贈

名楠甥 陳儀

無題

事業平生悲劇多

猶環歷史究如何

癡心愛國渾忘老

愛到癡心即是魔

又

治生敢曰太無方

病在偏憐晚節香

廿載服官無息日

一朝罷去便饑荒

陳儀寫給外甥丁名楠的信函及兩首七言絕句。

民國三十四年十月二十五日在臺北市中山堂代表政府接受日本總督呈遞降書的臺灣行政長官陳儀爲遜清末代秀才，熟讀中國古書，文學修養深邃，書法學虞世南，得其神韻，勁媚兼備。他是日本士官學校畢業與蔣中正總統有同學之誼，據說在日本陸軍大學深造時，他曾與日本軍政要員同學，算是一個有高深學術修養的武官，更是武官中具有儒將風範的軍官。他的才華敏贍，自視頗高。宦途騰達，歷任要職。又能砥礪廉隅，儉樸自安。至其勤勞任事，乃官守分內之責，不必稱道。批閱公文，多用毛筆，即僅二字「照准」也皆筆酣墨飽，從容不苟。於廳處條陳規章或重要文件，每反覆思考，不厭其煩，用毛筆細楷眉批，所批示之要點，皆見事深遠，慮患周詳，析理明晰，透徹引喻，字裡行間，充滿溫婉。每使廳處長暨科室主管翕然心服，甚或汗顏，深憾所見不廣。筆者當時在長官公署充當小科員，類此簽呈，率皆經手過目，得先親炙，著實令人嘆服。

陳儀五短身材，不留髮而蓄仁丹鬚。穿著軍服，活像民初軍頭。卻不失書生本色，持身儉約，不事繁華。歷任中樞要職，奉派來臺接收，任最高行政長官，是當時全國十六個受降區內萬方矚目的大員。人以爲他必有可觀之財產，其實官俸所入只夠養廉，毫無私財。他任福建省主席八載，並未另設主席官邸，攜其日籍夫人住居於省府內之宿舍，主席辦公室即在省府花園內大仙樓下，與相傳之狐仙分樓而居。明窗淨几，四壁琳瓏。每晨八時即見他聚精會神伏案批閱公文，接見地方人士，召見省府各廳處長指示機宜，均在一不甚寬敞之辦公室中。對於中央部院緊急重要電文常自行擬覆後，交主管部門存檔，電文下款，僅對蔣中正委員長暨軍政部部長何應欽二人稱「職」外，其餘具名而已。可見有多少人並未放在他的眼中。晚間下班後，不時巡視辦公室，見有加班同仁，則面予慰勉辛勞，府屬同仁均因之感奮盡職。每以「工作是道德。忙碌是幸福。閒空是墮落。懶惰是罪惡。」勸勉同仁勤懇任事，語句平實而具至理，甚收促進工作效率之效。

他在閩省主席任內，正是對日抗戰期中，或係值此戰時因陋就簡而不住官邸；然來臺接收則是最高長官，自可住入介壽路（舊名文武町）之臺北賓館（日據總督官邸未遭盟機轟炸），陳儀以其設備豪華而且過於寬敞，用爲私邸，跡近浪費，宜留作接待國賓之所，乃退居於臺電公司之宿舍，每日到公署（今之行政院）辦公，以臺灣接收伊始，百廢待舉，宵旰求治，極著辛勞，忽略飲食。主閩時以省府爲家，尚得享受日籍夫人的和漢式料理。在臺則否，中午在辦公室批閱公文論政事之餘，僅以便餐果腹，安之若素。每晚均八九時始回府邸，享受一頓安詳的晚餐，此外陳儀極少非官式之應酬，除略嗜薄飲外，別無所好，他的日籍夫人甚樸素，近鄰常見長官夫人攜菜籃出沒於和平東路菜市場中。

其治事精神如此，其廉隅更有足稱者。二二八事件發生，他承認這是他從政以來前所未有之失敗，也是此生無可彌補的遺憾。當他黯然離臺之日，眞是感慨萬千！而一肩行李，兩袖清風可說無愧其人，先到南京轉而蟄居滬上，膝下無子，其日籍夫人不久亦返日，隻身生活，頗爲清苦，唯以讀書自娛，亦可謂閉門思過之時也。在臺舊屬如前總統嚴家淦等各位廳處長素知陳儀不裕，欲寄款接濟他的生活費用，而不敢貿然。試作間接探詢，竟有「速來」之回音，想見處境之難，甚於涸鮒。嗣聞錢宗起（救濟總署署長）因公赴滬，途遇陳儀，竟爲生活而欲出售他僅有之冰箱。錢宗起急即解囊致贈萬元，在臺諸同事乃鳩集的款，派代表送往滬濱，到門剝啄，詎料應門竟爲陳儀本人，眞乃「外無期功之親，內無五尺之童」，殆因無餘力支應副官薪餉早已辭退，其景況如此，亦云悲矣。

細說陳儀在政事上的作爲，須從其主閩說起。在主閩八載期中，確有治績，不特爲中央所獎許，亦爲閩人日後之懷思。以前，福建省政府公文權力僅及於府城內周遭數里範圍，公文一出城外即失去效力。各縣彼此割據，由地方勢力把持，縣長的任免，操在非正規軍之部隊或土匪手裡，縣府公物，視爲私有，縣長卸任，連椅凳都被搬走，遑論其他？陳儀係中央敉平閩變後蒞任，百廢待理。首先著手編組保安團隊，致力於省內剿匪工作，同時清除閩南、閩西、閩北割據的惡勢力。經年而全省治安底定，政令暢通，深知培訓地方自治人才應列首要，乃設立縣政人員訓練所，分系招考高中以上程度或調訓在職之優秀人員，施以三個月之嚴格專業訓練，然後派任各縣市政府之民、財、建、教等部門主管，縣長到任僅准帶秘書一人，餘均聽省府分派，至於縣長區長人選，則甄用中央分發之中央政治學校畢業生，經過考察面試認爲可任百里之才者派任之。並追蹤考核其績效。其因施政而遭地方土豪劣紳杯葛或發生糾紛者，必盡量支持縣區長以達到政策的落實。一面建立人事、會計、審訊及事務制度，嚴懲貪污，獎飾有功，做到賞罰分明。一時政風丕振，行政效率大增。不及五年，福建省從一個落後的省分，一躍而為模範省。各部門均紛紛派員蒞閩考察，將人事、會計等制度帶至中樞推行。培養縣政人員訓練之制度，亦經中央採納而設立中央訓練團，各省普設省訓團，培育各層政治人才。以上治績普獲中央及地方有識之士所肯定。大抵陳儀用人唯才，經過他面試選拔之材，在他精誠感召下，多能成為優秀有力幹部。他更本著用人不疑、疑人不用之原則，信任部屬。故對匿名信小報告之類，不予重視，使各級幹部能放手幹去，因此羅致之廳處主管皆一時之選。然君子可欺以其方，如沈仲九輩則為陳儀焚身之累贅，令人浩嘆。

福建原是一個落後的省分，教育既未普及，貧富懸殊尤大，知識分子與工農階級距離遙遠。被稱為知識分子者在質的升高與量的擴展兩方面，都被狹隘的觀念所抵銷，而工農缺乏教育，乃永遠被知識分子、有錢人、地主等踩在腳底下，難以翻身。此一實例，也可作為昔日其他若干省分的寫照。

陳儀自民國二十三年至民國三十年主閩，在初期要全副精神去做剿匪綏靖工作，唯有如此才能讓老百姓安居樂業。其次就要樹立各種制度，推行教育，提倡國語，辦訓練所培植人才，築公路調適交通，健全保甲，組訓壯丁等等，可說百廢俱舉。在行政方面逐漸落實，行有餘力，緊接就是與民生息息相關的經濟問題。此時抗日戰爭已進入第四個年頭，物力維艱，更不用說水利建設是怎樣的？連年旱潦，窮人吃飯艱難，而有錢人家還是肉臭朱門。尤其米價扶搖直上日日上漲，還有黑心商人囤積居奇，升斗小民無米為炊，有錢也買不到米。由於心理因素彼此競相存儲，反而造成糧食恐慌。陳儀為抑低米價，杜絕居奇壟斷，乃銳意變革，成立公沽局，集中收購食米，公開發售，使大眾有飯可吃有米可買，違者以囤積論。這樣斷了投機商人的財路，又因查緝囤積也結怨於民。

陳儀公沽食米之構想，可說完全符合民生主義的「儲糧與計口授糧」主旨。國父孫中山遺著——〈地方自治開始實行法〉裡，曾說：「由地方公局買賣，並永定最廉之價，使自耕自食之外，餘人得按口授糧，不准轉賣圖利。」接著又有生產局、運輸處等等之設置，表面看來與民爭利，處處與資產階級商人直接作對，乃引起全面的反感。

由來變革舊制，創行新法是很難的，歷史上不乏前例，成功的機會不是一蹴而幾。陳儀也不例外，他的政事理想固是有目共睹的成就，他的經濟理想卻因急功與地方勢力之阻撓，而導使盲從者頑抗，發生不愉快事自屬難免，甚至煙酒專賣、糖專賣等，原是一種善意的保障政策，亦產生歧見，招致非議。乃醞釀所謂「閩人治閩」運動，此狹隘的地域觀念雖促成省府之改組，而繼之省主席還是外省人！

人或譏陳儀剛愎自用，一個有成就感而自信心強的人也許是。但其讀書多而非食古不化，思想更為進步。跋歷政海數十年，對官場腐敗貪污、因循塞責、陋規習氣與顢頇無能事例，所見多而感慨深。故銳意改革而不計毀譽，在臺灣任內又因專賣事釀成巨災，貽禍自身，要皆恃才、急功、好名而致之。

陳儀於史事研讀深到，自視頗有心得。其所以在閩在臺一再施行經濟統制政策，固係意脗合民生主義要求之原則，抑或另有所本？民國三十五年，《臺灣新生報》某記者與當時初抵臺灣不久的行政長官陳儀談古論今。記者詢以中國有史以來之政治家有幾人？陳儀答說：「有三個人。」記者問以三個人爲誰？陳答以一爲西漢末年之王莽，另一爲北宋之王安石，尚有半個則爲明朝之張居正。記者再叩以還有半個政治家爲誰？陳儀笑而不答（以上問答見於三十五年《新生報》）。從而想見其政治經濟抱負有其跡象可尋：（一）他對於王莽之變法與王安石之新法，心嚮往之，因這兩都有政治抱負與經濟魄力，適合於時代進化之需要，而心慕之者。（二）二王雖時隔千年而其經濟手段如出一轍，惜皆用人不當。急功無成。反而招致民怨。陳儀既然熟研史事，而昧於鑑戒，何異蹈二王之覆轍，自取敗亡？（三）陳儀恃才傲物，中國綿亙五千年歷二十五代，不乏謀國老成之政治經濟家，他獨傾心於此「二王一張」，儼然把自己算上有史以來政治家之半個，自視之高，略近狂妄！或謂陳儀蓋棺定論，因其有王莽之居心，故竊慕王莽之爲人，乃有此下場。筆者以爲中國自古以來，成者爲王，敗者爲寇，王莽縱篡漢祚，與趙氏之黃袍加身何以異？王莽稱帝在位也達十有四年，設能逃禍漸臺，綿延下去，與漢高李唐並無二致。愛新覺羅氏代明而有天下，漢人范文程竟成爲開創大清帝業之功臣，未聞後世振筆誅之。倘莽業垂統，則莽大夫楊雄之「劇秦美新」君子又何病焉？

但陳儀亦有其可愛處，事事務求創新，絕非沽名釣譽，殆欲身體力行，導引民主實行法治者。如臺灣抗日志士蔣渭水之弟蔣渭川曾在報章抨擊陳儀，陳不以行政長官身分用其權勢，而向臺北地方法院自訴要求名譽之保障，在斯時言，誠乃官場空前之舉，也算臺灣光復官民間之佳話。

臺灣是淪爲異族歷五十年之久的國土，在殖民政策下忍辱負重艱苦謀生的臺胞，受盡歧視與苦難。一旦斯土重光，臺胞熱誠的期待終於成爲事實，冀望投入祖國懷抱，享受溫暖的滋潤，是非常迫切的！能特簡來臺主政者，非受蔣中正主席之倚重，難以勝任；陳儀恰膺其選。陳的理想抱負，正如臺胞所期待的，他抱定「此行去臺灣是做事，不是做官」。而且決心把臺灣建設成一個模範省，以報答中樞特知。他更認爲臺胞剛從日酋掌中掙脫枷鎖，接收官員切忌驕恣勿以戰勝國姿態加諸臺胞。所以對於人事之安排，也極愼重，考慮周詳。他深知治閩八年而有模範省之成就者，省府的幾位高級幹部與有功焉。故所安排之臺灣行政長官公署各處會主管，如交通處長後轉任財政處長之嚴家淦、民政處長周一鶚、工礦處長包可永、教育處長范壽康、農林處長趙連芳、警務處長胡福相、秘書處長張延哲、宣傳委員會主任委員夏濤聲、法制委員會主任委員方學李、會計長王肇嘉、人事室主任張國鍵及機要室主任樓文釗等皆一時之選。

而其治臺方針，則認爲在省政府未正式設立前，長官公署的措施，要政治經濟一元化，甚至不必多派駐軍，原派駐臺之國軍七十師及六十二師均於三十五年夏他調。以爲這樣：軍隊少，可促進親和力，讓重歸祖國的臺胞沒有壓迫感！殊不知二二八事件，正因缺乏兵力彈壓，導致事態擴大而至於不可收拾。

說到接收初期的人事，筆者也算被一通電報邀約來臺者，乘坐「臺交」輪與許多應邀者同舟渡過海峽，至基隆碼頭上岸，高坐人力車上經過街頭，第一眼遇到日本士兵鑾有精神地舉手爲禮，倒被嚇了一跳，心頭滋味自問莫名，因爲筆者曾做過日軍的俘虜，從死裡逃生回來。故乍見之下，猶有四十多年前的餘悸。

人的壽夭窮通休咎吉兇，是否可從相貌推斷出來？說起來頗有其可能性。否則臺北街頭不會有那麼多看手相摸骨的江湖術士。

四十六年前，監察院現址爲長官公署之教育處，每月紀念週均在此處樓上大廳舉行。小職員們都躲在最後排好談天。與筆者並立的一位同事也是同鄉，善相人，窮研鬼谷子的「相理衡眞」頗有心得，說起來頭頭是道。他說：「陳長官旗眼豬形，運氣只到五十五歲。如果五十五歲後還有封疆大吏的局面，恐怕不得善終。」

斯時姑妄聽之，然言猶在耳，果然二二八出事而下臺，不一年又有浙江主席之命。陳儀仍本其「只知做事」的本色，強力整頓田畝，先從催繳中央大員之欠賦著手，所謂「爲官得罪巨室」故不久又掛冠而去。民國三十八年元月他所唯一崇敬的蔣中正總統宣布暫行引退，發表文告闡明：「和平之目的不能達到，人民之塗炭曷其有極，因決定身先引退，以冀弭戰消兵，解人民倒懸於萬一。」全文顯示謀國爲民之苦心。亦使陳儀如失師保，心灰意冷。

李宗仁宣布就代總統職，陳儀對李宗仁甚爲惡感，極不齒其人。民國三十七年十二月國軍放棄徐州，全國施行戒嚴之時，李宗仁與程潛乘軍事逆轉之際，忽萌異志，主張講和，並迫蔣中正下野。陳儀悲憤交集，亦自我感傷，綜其後半生，主閩、主臺、主浙均未能實現其理想抱負，引爲大憾。又慨乎蔣中正總統之被迫下野，斯時其人生觀暗淡悲觀，殆可窺見。似難以失意政客目之。迨上海保衛戰之時，憤於世局，乃致函湯恩伯所謂「局部和平」之說，其心理如何，殊難揣測，縱是殉道精神，亦嫌其失智。湯恩伯將軍大義滅親，擒拿老師陳儀解送臺灣。羈押於新店軍人監獄，終於不幸而言中，應了相命先生的預言——不得善終。總之，陳儀的確愛臺灣，更愛臺灣同胞，只是求治心切，操之過急，未能實現其理想，終於齎志而歿，抱憾九泉。還留下一段是非，讓人批判，說起來，眞太不值得！

原載於《中外雜誌》第四十九卷第四期，一九九一年四月

盟軍代表席

試音桿

Canon 22
INK PUBLISHING
陳儀的本來面目

作　　者　陳兆熙等
總 編 輯　初安民
責任編輯　陳思妤
美術編輯　林麗華
圖片提供　陳兆熙
校　　對　謝惠鈴　陳兆熙

發 行 人　張書銘
出　　版　INK印刻文學生活雜誌出版有限公司
台北縣中和市中正路800號13樓之3
電話：02-22281626
傳真：02-22281598
e-mail : ink.book@msa.hinet.net
網　　址　舒讀網http : //www.sudu.cc

法律顧問　漢廷法律事務所
劉大正律師
總 代 理　成陽出版股份有限公司
電話：03-2717085（代表號）
傳真：03-3556521
郵政劃撥　19000691 成陽出版股份有限公司
印　　刷　海王印刷事業股份有限公司

出版日期　2010年2月28日　初版
ISBN　978-986-6377-57-0
定價　200元

國家圖書館出版品預行編目資料

陳儀的本來面目 / 陳兆熙等著；
--初版．--台北縣中和市：INK印刻文學，
2010. 3　192 面；15 × 21 公分. -- (Canon；22)

ISBN 978-986-6377-57-0　（平裝）
1. 陳儀　2. 傳記　3. 文集

783.886　　98025439